Elisabeth Girlinger

DER AUTIST

Simons wundersame Welt

VERLAG AM SIPBACH

Elisabeth Girlinger
DER AUTIST
Simons wundersame Welt

Herausgegeben von: Verlag am Sipbach (Imprint von Verlag am Rande)

A-3654 Raxendorf
T: 0043 664 7503 7100
www.verlag-am-sipbach.at

ISBN: 978-3-903259-55-3

1. Auflage August 2024

Druck: Totem, www.totem.com.pl/de

Coverfotos: istockphoto.com/Natalia Misintseva; istockphoto.com/ppart
Autorinnenfoto: Foto Kirschner, Rohrbach, foto-kirschner.at

Elisabeth Girlinger

DER AUTIST

Simons wundersame Welt

VERLAG AM SIPBACH

Dieses Buch widme ich meiner Familie!

Diese Geschichte ist frei erfunden und dennoch ist sie wahr.

Inhaltsverzeichnis

Die Schmiede

Seine Worte kamen laut und hart – wie Hammerschläge auf Metall: „Schwanger? Sind nicht schon genug Mäuler zu stopfen? Dass die Weiber immer gleich schwanger werden müssen!"
„Aber Franz, die Geschäfte gehen doch sehr gut!"
„Ist das vielleicht dein Verdienst?"
„Nein, natürlich nicht. – Was soll ich denn tun?"
„Das geht mich nix an, Kinder sind Weibersache!"
„Wenn du nicht immer ..., dann wäre das jetzt nicht so."
„Werd' nicht auch noch frech – du!"

Der Schmied trat einen großen Schritt auf seine Frau zu, die ihre Hände gleich schützend vor ihr Gesicht hielt. In diesem Augenblick flog die Stubentür auf und der Geselle Karl rief aufgeregt: „Meister, der große Hammer steckt schon wieder fest!" Im Laufschritt eilte der Schmied in die Werkstatt. Tatsächlich hatte sich der große Hammer wieder einmal festgeklemmt. Da war jetzt Muskelstärke nötig – und die hatte er. Die gesamte Mechanik der Schmiede konnte Schaden nehmen, wenn die Kräfte der antreibenden Energie nicht abgeleitet wurden. Fluchend stemmte sich der Schmied gegen das bereits bedrohlich krachende Holz der Antriebswelle und es gelang ihm auch dieses Mal, die Verspannung zu lösen. Ächzend setzte sich die Mechanik wieder in Gang, ehe alles wieder „rund" lief. „Na also", schnaufte der Schmiedemeister und versetzte der Maschine einen kräftigen Fußtritt. Er wischte sich den Schweiß von der Stirn und hatte in diesem Moment die Nöte seiner Frau Maria schon wieder fast vergessen. Was sollte das auch? Die Frau hatte in den vergangenen Jahren bereits zwei Kinder in der Schwangerschaft verloren, so würde sich das Problem möglicherweise auch dieses Mal von alleine lösen. Und wenn nicht? Da gab es ja noch eine weitere Möglichkeit.

Maria wunderte sich manchmal über sich selbst. Wie war das nur zugegangen vor 17 Jahren? Wie konnte sie sich damals in diesen polternden Kraftlackel verlieben, obwohl ihre Eltern alles anders als begeistert waren von der Verbindung mit dem Schmied? Aber sie hatte sich gegen die Eltern durchgesetzt und schlussendlich auch erreicht, dass das ihr zustehende Heiratsgut komplett ausbezahlt wurde. Ein Umstand, der dem Franz damals schon sehr wichtig war. Hätte sie nur besser auf ihre Eltern gehört! Der Zauber, den seine Person auf sie ausgeübt hatte, war im Alltag schnell verflogen, sein rücksichtsloses und brutales Wesen kam bald zum Vorschein. Aber damals beeindruckten sie seine großgewachsene Gestalt und seine Furchtlosigkeit bei den Kirtagsraufereien. Wo immer der Franz auftauchte, war gleich „Ruhe in der Bude", wie er sich ausdrückte. Wenn das einer seiner Saufbrüder nicht glauben wollte, musste er mit einigen Blessuren rechnen. So war das bis heute geblieben. Er war geachtet und noch mehr gefürchtet in der Ortsgemeinschaft, sogar der Gendarm riskierte keinen Konflikt mit ihm.

Die Schmiedewerkstatt hatte der Franz von seinem Vater übernommen und betrieb sie nun mit gutem Erfolg in der dritten Generation. Seine Mutter wurde nicht einmal 50 Jahre alt, sein Vater lag seit Wochen unbeholfen und sabbernd in seiner Kammer. Die Pflege des Schwiegervaters war selbstverständlich Sache seiner Frau, die sich oft schwer dabei tat, dessen massigen Körper von einer Seite auf die andere zu bewegen. Er war zu keiner Zeit ein dankbarer Patient gewesen. Maria musste sich auch von ihm verbale Grobheiten gefallen lassen. Auch in dieser Hinsicht war der Apfel nicht weit vom Stamm gefallen. Sie hatte es wirklich nicht leicht, das wussten alle im Ort. Aber niemand wollte sich einmischen und es traute sich auch niemand, dies zu tun. Zunehmend wurde der alte Schmied jedoch ruhiger und auch anspruchsloser. Das war sogar noch beunruhigender als seine Ungeduld, die Familie machte sich nun ernsthafte Sorgen um ihn. Es wurde sogar der Herr Pfarrer gerufen, weil man dachte, dass es mit ihm zu Ende geht. Er hatte bereits die Sterbesakramente empfangen, um mit seinem Herrgott ins Reine zu kommen.

Aber der Alte tat sich schwer mit dem Sterben. „Der alte Schmied hat eine richtige Rossnatur", sagten die Leute im Ort. Dabei war es einmal schon sehr knapp hergegangen und der Schmied wäre um ein Haar an dem Schlaganfall gestorben, der ihn in seiner Werkstatt vor der glühenden Esse zu Boden gestreckt hatte. Der Franz konnte seinen Vater gerade noch vor einem Sturz in die Glut bewahren. Ob es nicht besser gewesen wäre, wenn der Vater damals schon sterben hätte können, als diesen unwürdigen Zustand erleiden zu müssen?

Franz wollte nun für seinen kranken Vater ein neues Grabkreuz herstellen, wie es der Vater schon vor Jahren skizziert hatte, aber nie dazu gekommen war, es anzufertigen. Der alte Schmied hatte eine besondere Vorliebe für kunstvolle Schmiedeeisenarbeiten, jedoch kam er vor lauter Arbeit mit den alltäglichen Aufträgen meistens nicht zu diesen besonderen Werkstücken und sie wurden auch selten verlangt. Die Bauern in der Umgebung hatten andere Sorgen. Da mussten die Rösser beschlagen und die Wagenräder mit Eisenringen umspannt werden, die Holzfässer brauchten passende Eisenringe. Oft ging auch so manches Metallteil bei den Werkzeugen zu Bruch.

Jetzt aber machte sich Franz an die Arbeit, die sein Vater nur geplant hatte: Ein schmiedeeisernes Grabkreuz für das Familiengrab sollte es werden. Franz ging nach Feierabend ganz allein ans Werk, und als er das Stück nach vielen Arbeitsstunden endlich fertiggestellt hatte, war er selbst erstaunt darüber, was für ein Meisterstück ihm da gelungen war. An diesem Abend nahm Franz das schwere Kreuz in seine starken Arme und ging von der Werkstatt hinauf in die Kammer seines todkranken Vaters. „Vater, da schau her, was heute fertig geworden ist. Das neue Kreuz für unser Grab, so wie du selber es gezeichnet hast." Da betrachtete der alte Schmied zuerst das prächtige Werk, dann seinen Sohn und flüsterte kaum verständlich: „Ein tüchtiger Schmied bist du geworden."

In dieser Nacht starb der alte Schmied ganz unbemerkt von der Familie und mit ihm ging ein tüchtiger Handwerker aus der Welt. Noch vor dem Begräbnis montierte der Franz das neue Kreuz auf den steinernen Sockel des Familiengrabes. Die Leute staunten nicht wenig über dieses eiserne Kunstwerk, das mit Abstand das schönste Grabkreuz auf dem ganzen Friedhof war.

Nachdem sein Vater verstorben war, dachte Franz, während er in der Werkstatt stand, oft über seine Kindheit und Jugend nach und wie alles gekommen war in seinem Leben. Franz war der einzige Bub. Es gab zwar noch drei weitere Kinder, aber der alte Schmied hatte sich oft genug darüber beklagt, dass seine Frau nur lauter „unnötige" Kinder auf die Welt gebracht habe – bis auf den Franz, der schon so ganz nach seinem Geschmack war. Ein kräftiger und aufgeweckter Bub war er und es war abzusehen, dass mit dem kleinen Franz auch ein tüchtiger Nachfolger für die Schmiede heranwuchs.

Die drei Töchter vom alten Schmied, Gertrude, Josefa und Lucia, interessierten ihn kaum. Das ging so weit, dass er oft sogar ihre Namen durcheinanderbrachte. Sie wurden so bald wie möglich an den „Mann gebracht". Da war es dem alten Schmied wichtig, dass die unvermeidliche Mitgift gut angelegt war. Fast alle wurden mit

Bauernsöhnen verheiratet, bis auf Lucia. Sie heiratete einen Schullehrer, einen beamteten „Hungerleider“, wie sich der Schmied ausdrückte. Aber Lucia hatte sich diesen Mann so hartnäckig eingebildet, dass der Vater schlussendlich nachgab, nicht ohne häufig zu betonen, dass die Lehrerfamilie sicherlich dauernde Unterstützung aus dem Elternhaus nötig haben würde. Das war dann oftmals tatsächlich der Fall. Weil der Lehrer sehr wenig Gehalt vom Staat erhielt, musste Lucia im Elternhaus wiederholt um Lebensmittel ersuchen, denn wie bei fast allen Handwerksbetrieben war auch der Schmiede eine kleine Selbstversorgerlandwirtschaft angeschlossen, die Fleisch, Milch, Kartoffeln und Gemüse produzierte.

Der Franz war also der „Kronprinz“ in der Familie – der Nachfolger, der nächste Schmied. Er wurde in jeder Hinsicht ganz offensichtlich bevorzugt. Er bekam immer ein größeres Stück vom Sonntagsbraten, denn: „Der Bub muss kräftig wachsen, wenn ein ordentlicher Schmied aus ihm werden soll!“ Er musste auch nicht, wie die meisten seiner Schulkameraden, barfüßig in die Schule gehen, sondern bekam immer wieder neue Schuhe angemessen. Das war auch oft nötig, denn Franz erfüllte die Erwartungen seines Vaters. Er war bald der größte und kräftigste Bub in seiner Altersklasse und der ganze Stolz seines Vaters. Die Schuhe, aus denen er herausgewachsen war, bekamen seine Schwestern. Seine Leistungen in der Schule waren allerdings nicht besonders hervorragend. Die schriftlichen Arbeiten konnte man kaum entziffern. Es schien so, als wären seine großen Hände nicht geschaffen für eine zarte Schreibfeder. Aber in Rechnen war er gut. – Das war für den zukünftigen Unternehmer sehr wichtig.

Der alte Schmied nahm seinen Sohn bald in die Werkstatt mit und der damals noch kleine Franz hatte in seinem Vater einen gestrengen Lehrmeister, der seine Anweisungen oft genug mit dem „Ochsenziemer" verdeutlichte. Diesen verwendet der Bockshofer Franz bis heute, um störrische Rösser in die Schranken zu weisen, und denkt dabei auch manchmal an die harten Schläge mit diesem Gerät auf seinen Rücken.

Sobald Franz acht Jahre alt geworden war und einigermaßen lesen und schreiben konnte, nahm ihn der Schmied bereits ins Wirtshaus mit, wo Franz erleben konnte, dass hier die Geschäfte mit den Kundschaften ausgemacht wurden. Im Wirtshaus wurden nicht nur die Art der Lieferung und die Liefertermine vereinbart, es ging auch um den Preis. Und da war der Vater ein unerbittlicher Verhandler. Die Kunden wollten natürlich den Preis immer drücken, aber der Schmied rechnete seine Material-, Energie- und Arbeitskosten expliziert vor und verringerte den Preis, wenn überhaupt, nur ganz minimal. Manchmal konnten die Bauern durch zugesagte Holzlieferungen günstiger ins Geschäft kommen. Aber der Schmied verlangte beim Brennholz für seine Esse beste Hartholzqualität, denn „Die Esse kann man nicht mit Stroh füttern", sagte er – und auch von ihm werde nur beste Qualität erwartet, oder? So lernte der Sohn vom Vater nicht nur das Handwerk, sondern auch die Geschäftstüchtigkeit, ohne die man buchstäblich „unter die Räder" komme.

Nun war Franz also der neue Schmiedemeister, er hatte seine Werkstatt und die Mitarbeiter fest im Griff. Der Geselle Karl hatte schon viel von ihm gelernt und dabei auch so manche Grobheit einstecken müssen, aber nach drei Lehrjahren konnte sich der Meister schon sehr gut auf ihn verlassen und ließ sich auch beim Lohn nicht lumpen, sodass Karl recht gern beim „Bockshofer Schmied" angestellt war. Der Lehrling Michel war ein kräftiger, aber etwas einfältiger

Bub, der für anspruchsvollere Tätigkeiten nicht zu gebrauchen war. Er war zwar willig, aber es ging nicht viel voran bei der Lehre. Er wurde mehr für die Hilfstätigkeiten eingesetzt, bei denen seine Körperkräfte genützt wurden. Er schleppte die schweren Eisenteile umher und war am Ende des Arbeitstages auch für das Aufräumen und Säubern der Werkstatt verantwortlich. Das war immerhin nützlich. – Gelernt hat er aber dabei nur wenig. Oft holte sich die Schmiedin den Michel aus der Werkstatt, wenn in der kleinen Landwirtschaft eine Arbeit zu tun war, die sie und die Dirn Rosi nicht alleine bewältigen konnten.

Das Geschäft ging recht gut, denn der junge Schmied war außerordentlich tüchtig und verlässlich. Eine seiner wichtigsten Aufgaben war das Beschlagen der Rösser. Doch so wie die Leute fürchteten auch die Pferde seine Kraft und seinen Zorn. Wenn ein Ross nicht stillhielt und sogar ausschlug, stand stets sein von seinem Vater übernommener, „Ochsenziemer" in der Ecke bereit. Und schon nach den ersten kräftigen Schlägen mit diesem Prügel standen die Pferde zitternd still und getrauten sich nicht mehr, sich zu rühren, bis alle Hufe neu beschlagen waren. Wenn einer der Bauern zaghaft den Einwand äußerte, der Schmied solle doch nicht gar so grob mit dem Tier umgehen, sagte der nur: „Machst es halt selber, wenn du das besser kannst." So waren denn alle Pferdebesitzer im Ort auf die Dienste des „Schmied Franz" angewiesen. Der nächste Schmied war viele Kilometer entfernt und fast alle Bauern hatten Arbeitspferde. – Traktoren kamen erst später auf.

Aber der Schmied Franz hatte schon bewiesen, dass er auch ganz besondere Werkstücke herstellen konnte. Seine schmiedeeisernen Tore und Grabkreuze waren richtige Kunstwerke und bei ihrer Herstellung hatte er eine große Freude an seinem Handwerk. Dabei wollte er nicht gestört werden, er duldete die Anwesenheit des Gesellen nur, um die Eisenteile in der Esse zum Glühen zu bringen. Immer neue Varianten entstanden in seiner Fantasie, keines der Kreuze und Gitter ähnelte einem anderen. Es war schon erstaunlich, dass so kleinteilige, filigrane Dinge aus Eisen unter seinen groben Händen entstehen konnten. Die Botschaft von seinen diesbezüglichen Fähigkeiten verbreitete sich bald in der ganzen Gegend. Es kam sogar vor, dass auswärtige Leute den Schmied aufsuchten, wenn sie ein besonderes Werkstück bestellen wollten. Ganz besonders berühmt war der Schmied aber für seine kunstvollen Grabkreuze.

So kam es, dass eines Tages ein elegantes Pferdegespann vor der Werkstatt hielt, dem zwei geistliche Herren aus dem etwas abseits gelegenen Kloster entstiegen. Mit dem Kloster, das auf der Anhöhe des Breitenberges thronte, hatten die Bewohner des Ortes wenig Berührungspunkte – außer dass ihr Ort nach dem Klosterberg benannt war. Die Ordensbrüder waren in wirtschaftlicher Hinsicht weitgehend autark. Zum Kloster gehörten ausgedehnte Ländereien, Ackergründe, Weidewiesen und Wälder, die teilweise von den Ordensbrüdern selbst und von etlichen Angestellten bewirtschaftet wurden. Die Knechte und Mägde des Klosters waren allesamt im weitläufigen Klostergebäude untergebracht, sodass auch von dieser Seite kaum Informationen in den Ort kamen. Man hatte aber erfahren, dass der alte Abt vor Kurzem verstorben war und das Kloster nun einen neuen Vorsteher hatte.

Dieser neue Abt hatte sich also persönlich, gemeinsam mit seinem Kämmerer, auf den Weg zur Schmiedewerkstatt gemacht. „Welche Ehre, womit kann ich dienen?“, begrüßte der Franz die hohen Herren, denn er konnte durchaus höflich und zuvorkommend sein, wenn er ein lukratives Geschäft vermutete.

Es gehe um ein neues Grabkreuz für den verstorbenen Abt. Man habe erfahren, dass er (also der Franz) sich auf die Herstellung derselben verstehe, und ob man ein diesbezügliches Beispiel besichtigen könne. „Selbstverständlich", antwortete der Franz, „wenn die Herren sich zu dem nur einige Schritte entfernten Friedhof bemühen würden." Hierorts wurde sogleich das neue Grabkreuz besichtigt, das der Franz erst vor Kurzem für seinen Vater angefertigt hatte und das als außerordentlich geeignet beurteilt wurde.

Das Kreuz für den verstorbenen Abt müsse natürlich noch um einiges prächtiger und kunstvoller ausfallen und an Materialien, wie etwa an Kupfer oder dergleichen, solle keinesfalls gespart werden. Es sollten auch Weinranken an dem Kreuz vorkommen, denn der verstorbene Abt habe auf das Weingetränk sein Leben lang großen Wert gelegt und habe bestimmt seine Freude an Weinranken und Traubenfrüchten auf seinem Kreuz, wenn er aus der Ewigkeit auf sein Grab herniederblicken werde. „Ich werde mich ganz außerordentlich bemühen und, wenn es gestattet ist, in den nächsten Tagen eine ausführliche Skizze vorbeibringen", antwortete Franz.

Wann er liefern könne, war die Frage, denn das Ganze solle nicht auf die lange Bank geschoben werden. Er werde sofort mit der Arbeit beginnen, meinte Franz, auch wenn er andere, bereits eingegangene Aufträge hintanstellen müsse. Über den Preis werde man sich schon einig werden. Franz verzichtete in diesem Fall sogar auf die üblichen Preisverhandlungen. Bei Zufriedenheit werde es sein Schaden nicht sein, bemerkte der Kämmerer großzügig, und ob Franz, wenn man schon vor Ort sei, auch eines der Pferde neu beschlagen werde. „Wird sofort erledigt", antwortete der Franz und rief den Gesellen Karl zur Unterstützung herbei, denn man konnte ja kaum erwarten, dass der Kämmerer oder gar der Abt dem Ross die Haxen halten würde.

Bei all diesen Ereignissen hatte Franz an seine Familie, besonders an die neuerliche Schwangerschaft seiner Frau, fast nicht mehr gedacht. Aber vielleicht hatte sich das Problem in der Zwischenzeit ja von selbst erledigt? Wozu sollte es auch gut sein, noch ein Kind durchzufüttern? Er hatte bereits zwei prächtige Söhne, die beide als Nachfolger in Frage kämen – und wer weiß? Sein Ältester „Franz“ und dessen jüngerer Bruder „Erwin“ zeigten durchaus Talent für das Schmiedehandwerk. Sie waren beide nach ihrem Vater geraten und so wie er bereits kräftig und stark auf die Welt gekommen. Wenn sich die Geschäfte weiterhin so gut entwickelten, konnten eventuell beide gemeinsam die Schmiede übernehmen. – Jeder nach seinen Talenten.

In der Schmiedefamilie gab es drei Töchter: Berta, Franziska ... und als fünftes Kind war vor sieben Jahren noch eine Tochter zur Welt gekommen. Sie war das Ebenbild ihrer Mutter – zart und feingliedrig. Man hatte sie auf den Namen „Magdalena“ getauft und sie war der Liebling der Frau, die mit den zwei lebhaften und wilden Buben nicht viel anzufangen wusste. Aber die orientierten sich ohnehin hauptsächlich an ihrem Vater, der eine rechte Freude mit seinen Buben hatte. Die Mutter sahen die beiden eher als ihre Versorgungsstation an. Sie wollten von ihr vor allem mit reichlichen und schmackhaften Speisen bekocht und immerzu mit frischer Wäsche beliefert werden, an der sie durch ihre ungestüme Wildheit großen Bedarf hatten. Nun bekam sie also eventuell noch ein Kind. – Maria wusste nicht so recht, ob sie sich darauf freuen sollte, denn Franz hatte mit seiner Meinung diesbezüglich nicht hinter dem Berg gehalten. Er nahm auch keinerlei Rücksicht auf ihren Zustand. Die Werkstatt stand wie immer im Vordergrund seiner Interessen. Jetzt besonders, da er den Auftrag aus dem Kloster entgegengenommen hatte.

Mit Eifer stürzte er sich in die Arbeit. Schon die Anfertigung der Skizze nahm ihn voll in Anspruch, denn er legte seine ganze kreative Vorstellungskraft in dieses Blatt Papier. Als er auch noch großes Lob vom neuen Abt bekam, war er nicht zu bremsen. Er arbeitete fast Tag und Nacht und es wurde sein Meisterwerk! Groß und prächtig, mit Kupferteilen und Vergoldungen ausgeführt, hatte er selbst noch nie dergleichen gesehen. Er sprach auch, nach Absprache mit dem Kämmerer, mit dem zuständigen Steinmetz. So ein Grabkreuz verlangte nach einem Sockel aus glänzendem Marmor mit einer Steinplatte, in die der Name des Verblichenen eingraviert werden konnte. Bereits fünf Wochen nach dem Besuch der beiden Klosterherren war das Werk vollendet und an der Gruft des Abts aufgestellt worden.

In einer feierlichen Zeremonie, der auch Franz beiwohnen durfte, wurde das Kreuz eingeweiht und von allen Klosterherren überschwänglich bewundert. Franz war selig. Das war eindeutig der Höhepunkt seiner handwerklichen Karriere. Er sprach noch oft von diesem Ereignis, auch wenn die Wirtshausbrüder dergleichen schon nicht mehr hören wollten. Es gingen noch mehrere Aufträge aus dem Kloster ein, zum Beispiel ein schmiedeeisernes Gitter vor dem Klausurbereich, aber das „Abtkreuz" war nicht zu toppen.

Bald danach kam es im Ort zu einem Ereignis, das die Bewohner noch lange beschäftigen sollte. Auch die Gendarmen und sogar der Bezirksrichter mussten sich damit auseinandersetzen. Der erste Wirt am Platz, der Ortbacher, war auf der Suche nach einer Kellnerin, denn seine Tochter, die bisher in der Gaststube die Gäste bedient hatte, würde sich demnächst verheiraten, und zwar mit dem Schuster im Nachbarort. Dieser war nicht, wie man vermuten hätte können, ein gewöhnlicher Schuster. Der Vater des jungen Schusters hatte bereits vor Jahren damit begonnen, für das Militär zu produzieren, und damit einen verlässlichen Auftraggeber an Land gezogen. Das erforderte eine beträchtliche Ausweitung seiner Werkstatt mit etlichen Angestellten. Es war so etwas wie eine Schuhfabrik entstanden, in der, wenn es eilte, sogar im Schichtbetrieb gearbeitet wurde. Außerdem verstand sich der Schustermeister auf die Herstellung von maßgearbeiteten Reitstiefeln, was ihm einen besonders zahlungskräftigen Kundenkreis sicherte, denn solche Reitstiefel hatten schon ihren Preis. An diesem Handwerker konnte man sich durchaus ein Beispiel nehmen, so dachte auch der Schmied.

Am Tag der Hochzeit, die natürlich im familieneigenen Gasthaus gefeiert wurde – außerdem war der Ortbacher der einzige Wirt, der einen entsprechenden Saal anbieten konnte –, stellte der Wirt auch gleich die neue Kellnerin vor. Herta hieß sie. Eine entfernte Verwandte hatte sie ihm als tüchtiges und flinkes Mädchen angepriesen. Sie war die ledige Tochter einer Damenschneiderin und konnte daher stets ansprechend gekleidet daherkommen. Außerdem hatte sie schon in mehreren Gasthäusern ausgeholfen und wusste, wie es in den Gaststuben zuging, in denen die Kellnerin oft das einzige weibliche Wesen unter lauter männlichen Gästen war. Es war eine Gratwanderung zwischen Koketterie und Zurechtweisung, die besagte Herta locker beherrschte. Sie hatte auch einiges zu bieten und sparte nicht mit ihren Reizen. Ein leichter Klaps auf das Hinterteil wurde von ihr gerade noch lächelnd geduldet und mit einem kleinen scherzhaften Tadel kommentiert, sodass sich der entsprechende Mann vor seinen Freunden nicht bloßgestellt fühlen musste. So weit wäre alles perfekt gewesen und das Geschäft beim Ortbacherwirt florierte dank Hertas Anwesenheit wie noch nie. Sogar aus den Nachbarorten kamen junge und auch ältere männliche Gäste, um besagte Herta zu besichtigen. Natürlich ließ sich auch der Schmied den anregenden Anblick der neuen Kellnerin nicht entgehen und er ging, ganz gegen seine Gewohnheit, auch an manchen Wochentagen zum Ortbacherwirt.

An jenem Abend, an dem die Schwierigkeiten ihren Anfang nahmen, musste der Schmied Franz gerade den Abort aufsuchen, der, wie damals üblich, nur durch den Innenhof zu erreichen war. Man musste schon höllisch aufpassen, denn es war überraschend kalt geworden und der Hof glich einer Eisbahn. Als Franz sich wieder auf den Rückweg machen wollte, hörte er die aufgeregte Stimme von Herta, die ganz offensichtlich von einem Mannsbild arg bedrängt wurde und sich alleine nicht mehr zu helfen wusste. Für den Schmied war es sonnenklar, was in einer solchen Situation zu tun war. Er schnappte den frechen Burschen von hinten am Kragen und verpasste ihm einen seiner berühmt-berüchtigten Faustschläge mitten ins Gesicht, worauf dieser ohne einen weiteren Mucks zu Boden ging und dort ziemlich hart auf den Pflastersteinen aufschlug. Herta war, sobald sie freigekommen war, zurück ins Haus und hinauf in ihr Zimmer geeilt. Sie musste ihre Bluse wechseln, die der Wüstling zerrissen hatte. Dann eilte sie in die Gaststube zurück, als wäre nichts gewesen. „Wo bleibst du denn?“, fragte der Wirt bereits ungeduldig. „Ich hab’ meine Bluse mit Bier ang’schütt’ und hab’ eine frische angezogen“, gab sie zur Antwort Das war zwar nicht die ganze Wahrheit, aber fast.

Franz setzte sich wieder auf seinen Platz – das Ganze hatte nicht einmal drei Minuten gedauert. Bald aber war es vorbei mit der Ruhe, denn der nächste Abortbesucher, der Harrer Karl, schlug Alarm und rief: „Da liegt einer im Hof und rührt sich nicht mehr!“ Daraufhin eilten alle Gäste in den Hof. Der Wirt nahm eine Taschenlampe mit. Erst im Schein der Taschenlampe erkannte auch der Schmied, um wen es sich bei dem von ihm k.o. Geschlagenen handelte. Es war der Weinsteiner Lois, der jüngste Sohn des größten Bauern in der Gegend – und der sah gar nicht gut aus. Er lag in einer beträchtlichen Blutlache, auch aus seiner Nase war Blut ausgetreten. „Der rührt sich net mehr. Ich glaub', der ist hin", bemerkte einer der Anwesenden nicht gerade feinfühlend.

Daraufhin eilte der Wirt zurück in die Gaststube und verständigte die Gendarmarie und einen Arzt. Dann rief er in die Menge: „Der Gendarm hat g'sagt, niemand darf den Ort des Geschehens verlassen, wegen der Zeugenbefragung!" Alle gingen wieder hinein, der Schmied Franz hatte kurz überlegt, ob er eventuell im Schutze der Dunkelheit verschwinden sollte, aber das wäre erst recht verdächtig gewesen. So setzte er sich wieder an seinen Tisch und bestellte bei der Herta ein weiteres Bier. Die legte ihm unauffällig die Hand auf die Schulter und raunte ihm leise zu: „Ich hab' nix g'sehen." Da beruhigte sich sein lebhaft pochender Puls einigermaßen, denn so etwas lässt auch den stärksten Mann nicht kalt.

Der Arzt war erstaunlich rasch vor Ort, aber auch er konnte nur mehr den Tod des Verunglückten feststellen. Bis zum Eintreffen der Gendarmerie dauerte es noch ein wenig, weil die Gendarmen zu zweit kamen, denn einer musste erst aus dem Bett geholt werden. Alle Anwesenden wurden von den Gendarmen befragt, aber keiner wollte etwas Verdächtiges beobachtet haben, auch Herta nicht. Verdächtig war, dass der Weinsteiner Lois nicht nur am Hinterkopf verletzt war, sondern offensichtlich auch ein gebrochenes Nasenbein aufwies. „Vielleicht ist er in der Dunkelheit gegen die Steinsäule g'rennt und dann hat's ihn umg'haut", bemerkte einer der anwesenden Logiker. Die Steinsäule wurde begutachtet, aber darauf fanden sich keine Blutspuren. Die Wirtshausgäste konnten nach Hause gehen, den

Gendarmen blieb die unangenehme Pflicht, die bedauernswerten Eltern zu benachrichtigen und einen Bericht zu verfassen.

Es war klar, dass die Angelegenheit damit noch nicht abgetan war und die Sache vor dem Bezirksgericht ein Nachspiel haben würde. Vor dem Richter beteuerten alle Zeugen, dass sie nichts bemerkt hatten. Außer bei zwei Personen entsprach das auch der Wahrheit. Der Wirt wurde gerichtlich ermahnt, dass er seinen Hof bei Glatteis zu streuen habe. Damit wurde die Angelegenheit zu den Akten gelegt. Der Schmied nahm sich aber vor, seine Fäuste in Zukunft besser im Zaum zu halten, und das konnte ja auch nicht schaden. Im Ort grassierten allerdings noch recht lange diesbezügliche Spekulationen, die teilweise an Skurrilität kaum zu überbieten waren und Stoff für etliche spannende Wirtshausgespräche boten.

Die Kellnerin Herta war nach diesem Vorfall nicht mehr so lebhaft und charmant. Sie trug ihre Blusen von nun an ziemlich zugeknöpft und war für die schlüpfrigen Anspielungen der Gäste nicht mehr zu haben. „Mir scheint, der Herta hat der Tote im Hof ziemlich zugesetzt", sagte der Wirt zu seiner Frau und bald danach kündigte die Kellnerin tatsächlich. Sie zog wieder in ihr bescheidenes Elternhaus und half ihrer Mutter von nun an bei den Näharbeiten. Das war auch der Mutter sehr recht, denn ihr Sehvermögen hatte im Laufe der Jahre stark nachgelassen und sie musste sich, besonders bei den dunklen Stoffen, schon sehr plagen. Das Schneiderhandwerk brachte zwar nicht besonders viel ein, aber im Gastgewerbe wollte die Herta nicht mehr arbeiten. Nun musste sich der Wirt um eine neue Kellnerin umschauen. „Aber nicht mehr so eine Lustige, so eine bringt alle Mannsbilder durcheinander", meinte die Wirtin. Außerdem kamen ohnehin nicht mehr so viele Gäste wie vorher zum Ortbacherwirt.

Als eine Woche nach dem Begräbnis des Lois der alte Weinsteiner mit einem seiner Rösser zum Beschlagen kam, konnte ihm der Schmied nicht recht in die Augen blicken. Der Weinsteiner war bisher ein recht fröhlicher und positiver Mensch gewesen, aber der plötzliche Tod seines jüngsten Sohnes hatte ihn sichtlich gebrochen. Er machte den Eindruck, als wäre er um ein Stück kleiner geworden, so gebückt und schleppend ging er daher. Sein Gesichtsausdruck war der eines Verzweifelten. Das konnte der Schmied recht gut nachvollziehen, denn wie würde es ihm selbst gehen, wenn einer seiner Buben so unerwartet zu Tode käme? Aber der Weinsteiner hatte natürlich keine Ahnung, dass der Schmied schuld war am Tod seines Sohnes, und erwartete auch noch tröstende Worte von ihm. Der Schmied konnte nur wiederholt sein Beileid ausdrücken und war dem bedauernswerten Vater gegenüber ansonsten sehr wortkarg. Sein schlechtes Gewissen drückte ihn ganz gewaltig. Belastend war auch, dass er mit niemandem darüber reden konnte, nicht einmal zur Beichte ging er seither. Immerhin trug er die Schuld am Tod eines jungen Menschen, der noch sein ganzes Leben vor sich gehabt hätte. Totschlag nennen die Richter das wohl, darauf wären sicherlich einige Jahre Gefängnis gestanden. Der Schmied war zwar ein jähzorniger Grobian, aber diese Schuldgedanken ließen ihn nie mehr ganz los.

Er stürzte sich noch mehr als sonst in die Arbeit und kam kaum mehr aus der Werkstatt heraus. Er hatte schon länger damit spekuliert, seinen Betrieb auszuweiten, und gab für die Werkstatt einen Zubau in Auftrag. Es sollte Platz für eine zweite Esse geschaffen werden, in der hauptsächlich die Kunstschmiedearbeiten hergestellt werden sollten, denn die Aufträge für seine Grabkreuze, aber auch für kunstvolle Tore und Stiegengeländer häuften sich. Diese Arbeiten übernahm der Meister am liebsten selber, die Alltagsarbeiten wurden mehr und mehr Sache des Gesellen Karl. Es war an der Zeit, weiteres Personal für die Schmiede einzustellen. Das war nicht besonders schwer, denn die Menschen suchten Arbeit, und Hilfskräfte gab es genug. So kam ein weiterer Bursche in die Werkstatt. Er hieß Hans und wurde vorerst als Lehrling eingestuft, obwohl er vom Alter her eher einem Gesellen gleichkam. Aber er war stark und scheute die Arbeit nicht.

Simon

Die Ereignisse ließen dem Schmied kaum Zeit darüber nachzudenken, dass seine Frau dem Entbindungstermin immer näher kam. Dieses unerwünschte Kind hatte bisher im Mutterleib überlebt und wollte das offensichtlich auch weiterhin tun. Maria aber freute sich auf das Kind und hoffte, dass es ein Mädchen werden würde. Die Hebamme war bereits verständigt, aber das Kind ließ sich Zeit.

An einem späten Winterabend kamen dann doch die ersten Wehen. Die Hebamme machte sich auf den Weg, aber sie hätte sich nicht beeilen müssen. Die Wehen kamen schwach und in langen Abständen und es sah aus, als würde die Entbindung eine langwierige Prozedur werden. Die Mutter war durch die stundenlange Anstrengung schon sehr erschöpft und schlief zwischen den Wehen sogar manchmal ein. „Bockshoferin, du musst schon auch mithelfen, sonst muss ich die Zange nehmen“, sagte die Hebamme. Aber es ging nichts vorwärts, sodass die Hebamme der Mutter und dem Kind den Einsatz der Geburtszange nicht ersparen konnte. Der Bub wurde gewaltsam aus dem Mutterleib gezogen. „Na, der will ja gar nicht auf die Welt kommen“, sagte die Hebamme und wusste nicht, wie recht sie damit hatte. Dann wollte der Kleine auch nicht schreien. Erst als ihn die Hebamme kräftig mit kaltem Wasser bespritzt und mehrmals auf das Hinterteil geklopft hatte, machte er die ersten Atemzüge seines Lebens, aber er schrie auch dann nicht. Ein leises Wimmern war alles, was von ihm zu hören war. „Er ist zwar keine Frühgeburt, aber sehr zart“, sagte die Hebamme, denn das Kind wog nicht einmal zwei Kilogramm. Nachdem die Hebamme das Kind versorgt hatte, wickelte sie den Kleinen in das Wickelkissen und legte ihn der Boxhoferin an die Brust ... und siehe da – er begann sogleich zu saugen. „Na immerhin trinkt er, das ist ja schon einmal gut, wachsen muss er selbst.“

Dann ließ die Hebamme den Schmied aus der Werkstatt herbeirufen. Der hatte es nicht besonders eilig und sagte im Hereinkommen: „Immerhin ist es ein Bub" und dann „Das ist ja ein Winzling! Bist du sicher, dass der von mir ist?" Der Bockshoferin schossen die Tränen in die Augen. Die Hebamme, die eine recht resolute Person war, wurde jetzt etwas laut: „Versündig' dich nicht, Bockshofer, deine Frau hat schwere Stunden hinter sich, sie braucht jetzt Ruhe und muss sich schonen!"

„Ist ja gut, hast du dir schon einen Namen ausgedacht?", fragte er seine Frau.
„Ich denke, er sollte Simon heißen."
„Simon? Was ist denn das für ein seltsamer Name? Ich kenne niemanden, der so heißt, in meiner ganzen Verwandtschaft nicht!"
„Eben!", meinte die Bockshoferin ruhig.
Und so geschah es, dass der jüngste Sohn des Schmieds den Namen Simon erhielt. Sein Vater hatte angeblich keine Zeit, bei der Taufe anwesend zu sein.

Die Mutter aber hatte ihre Freude an dem kleinen Nachzügler. Die Bockshoferin war nicht mehr die Jüngste und eine so späte Schwangerschaft wurde im Volksmund wenig charmant auch als „Wechselbalg" bezeichnet. Fast eine Schande für die Frau, dieses Zeichen für sexuelle Aktivität im fortgeschrittenen Alter, die im Fall der Bockshoferin auch gar nicht freiwillig erfolgte. Für die Männer aber waren späte Kinder ein Beweis ihrer andauernden Manneskraft – besonders wenn es ein Bub war.

Wenn die Bockshoferin ihren kleinen Simon betrachtete, kamen ihr Gedanken, die sie noch bei keinem Kind zuvor gedacht hatte. Wie muss es den Kindern ergehen, wenn sie aus dem geschützten

Mutterleib ausgestoßen werden, in dem es weder Hunger, Durst noch Kälte gegeben hat und der nötige Sauerstoff einfach mit dem Blut der Mutter mitgeliefert wurde? Ein schwereloser Schwebezustand, ohne laute Geräusche, wahrnehmbar nur der Herzschlag der Mutter und das Pulsieren des eigenen Blutes. Die einzige Aufgabe war, am Leben zu bleiben, sich weiterzuentwickeln und die notwendigen Organe und Gliedmaßen auszubilden. Und dann die Vertreibung aus diesem Paradies, die „Entbindung", diese erste dramatische und sicherlich auch für das Kind schmerzhafte Trennung, der noch viele weitere folgen würden. Spürten die Kinder, wenn sie erwünscht und erwartet oder abgelehnt wurden? Hörten sie vielleicht sogar die Schwingungen der gesummten Lieder ihrer Mutter und registrierten sie das zärtliche Streicheln über den Schwangerschaftsbauch? Das alles wusste man zu jener Zeit noch nicht, aber die Bockshoferin war überzeugt davon. Sie liebte dieses schwache Kind von ganzem Herzen; und das blieb auch so, solange ihr eigenes Herz schlug.

Der kleine Simon war trotz seiner Zartheit ein weitgehend gesundes Kind, das allerdings einige Besonderheiten im Verhalten zeigte. Simon schrie nicht wie andere Babys, wenn er Hunger hatte, sondern machte nur kleine Nuckelbewegungen mit seinen Lippen. Aber seine Mutter, die ihn kaum aus den Augen ließ, wusste dieses Signal richtig zu deuten. Er bekam ihre Muttermilch, ohne dass er lautstark danach verlangen musste. Überhaupt hatte sie den Eindruck, dass ihr kleiner Simon bestrebt war, sich möglichst unauffällig zu verhalten, als hätte er gespürt, dass dieses Ruhigsein in seiner Situation das Beste war. Der Kleine hielt auch länger als andere Kinder seine Augen geschlossen, als wollte er die Umgebung gar nicht so deutlich wahrnehmen, er beschränkte sich auf das Fühlen und Hören. Als aber eines Tages seine Augen aufgingen, waren sie gleich hellwach und suchten aktiv den Blickkontakt zu seiner Mutter. Seine Augen waren von einem so strahlenden Hellblau, wie Maria es nie zuvor bei einem Menschen gesehen hatte. In diesen Augen liegt die Weisheit der ganzen Welt, dachte sie.

Sein Vater aber hatte wenig Freude an dem Kleinen, der so gar nicht seinen Vorstellungen entsprach. Wozu hatte der Herrgott dieses Kind auf die Welt kommen lassen? Kinder waren in seiner Welt dazu da, die Vorstellungen und Wünsche ihrer Eltern zu erfüllen und sie im Alter zu versorgen und zu erhalten. So hatte er es selbst in seinem Elternhaus erlebt und es für selbstverständlich gehalten, dass sein Vater in ihm in erster Linie den Nachfolger im Betrieb gesehen hatte. Das Unternehmen nicht nur fortzuführen, sondern es zu erweitern und wirtschaftlich auf stabile Beine zu stellen, das war ihm das Wichtigste. So hielt er es auch in seiner Familie. Dieser Schwächling würde wohl kaum dazu in der Lage sein. Doch Maria liebte dieses Kind offensichtlich ganz besonders und schützte es vor der Willkür seines Vaters. Liebe, das war ein Begriff, mit dem der Schmied persönlich nie viel anzufangen wusste. Liebe war etwas für Leute, denen der Wohlstand durch reiche Erbschaften in den Schoß gefallen war und die sich in ihrem Alltag langweilten, weil ihnen der Überlebenskampf der kleinen Leute fremd war. Aber Beispiele aus dem Leben zeigten, dass auch Reichtum schnell verloren gehen kann, wenn man nicht in der Lage ist, diesen zu verwalten und zu erhalten. Er jedenfalls hatte zwei gesunde, kräftige Söhne, die auf gute Zukunftsaussichten hoffen ließen. Dieses schwache Kind allerdings war eine sinnlose Investition ohne Aussicht auf Erfolg und Zukunft. Eine ständige Erinnerung an seine eigene Unzulänglichkeit – eine Schande! Es wäre besser nie geboren worden. So dachte der Schmied und schämte sich nicht einmal für seine Gedanken.

Simon entwickelte sich tatsächlich verzögert. Er war mit allem spät dran. Erst mit fast zwei Jahren konnte er einigermaßen laufen, auch seine sprachliche Entwicklung machte keine Fortschritte, sodass der Vater vermutete, dass er stumm war. Nur wenn Simon mit seiner Mutter allein war, kamen doch einige Worte von ihm, allerdings keine ganzen Sätze. Auch mit seiner Schwester Magdalena vertrug er sich gut. Er begann in ihrer Gesellschaft sogar vorsichtig mit ihrer Puppe zu spielen. „Ein richtiger Bub spielt nicht mit Puppen", bemerkte der Schmied voll Verachtung und verdrehte die Augen.

Simon war sehr empfindlich und wollte von den meisten Menschen nicht berührt werden. Schnell zog er seine Händchen zurück, wenn jemand versuchte, ihn anzufassen. Nur in die Arme der Mutter flüchtete er, wenn ihn etwas ängstigte, und das war sehr oft der Fall. Hier fühlte er sich sicher und es hatte den Anschein, als wäre er am liebsten wieder in den vorgeburtlichen Zustand zurückgekrochen. Oft weinte er leise vor sich hin, aber sein Weinen hatte keine Tränen. Wenn Maria ihren kleinen Simon ins Bett brachte, entwickelte sich daraus ein Ritual, das ihr selbst und auch Simon zu einer geliebten Angewohnheit wurde, die von Bedeutung für beide war. Maria deckte ihren Kleinen liebevoll zu, strich ihm die Haare aus dem Gesicht und zeichnete mit dem Daumen ein Kreuz auf seine Stirn: „Gott schütze dich, Simon! – Alles wird gut." Diese tägliche Geste wurde für Simon zu einem wichtigen Bestandteil seines Tagesablaufs, die er sehr vermisst hätte, wenn sie einmal ausgeblieben wäre. Die Berührung der Hand seiner Mutter war wie ein Schutzpflaster über eine Wunde, wie eine warme Decke gegen Kälte und Wind, wie ein schützender Kokon um die Seele. Auch später, als Simon von seiner Mutter getrennt war, konnte er diese tröstliche Geste herbeidenken und das Gefühl, das die Berührung der mütterlichen Hand hervorrief, konnte er, als wäre sie real, auf seiner Stirn spüren, obwohl man ihm äußerlich kaum eine Emotion anmerkte. Eines Tages nahm sein Vater den sich sträubenden Buben an der Hand und führte ihn in die Schmiede. Sollte der doch einmal sehen, woher die Familie ihr Auskommen bezog. Die Schmiedewerkstatt mit ihrem unerträglichen Lärm, dem Feuer, der Hitze und den darin agierenden, mit Ruß verschmierten und schwitzenden Männern war für Simon ein richtiges Schreckensszenario und glich jenen Schilderungen, die der Herr Pfarrer später, als er schon die Schule besuchte, als „Hölle“ beschrieb. Simon hatte also in die Hölle gesehen und sie befand sich in seinem Elternhaus.

Seit diesem Erlebnis fürchtete Simon seinen Vater mehr als zuvor und versuchte, ihm aus dem Weg zu gehen. Sobald der Vater oder die Brüder polternd die Stube betraten, verkroch er sich, manchmal sogar unter dem Tisch. „Bei anderen Leuten sitzt ein Hund unter dem Tisch. Wir müssen uns keinen Hund anschaffen, wir haben schon einen“, sagte der Vater einmal. Maria war über diese Äußerung so sehr schockiert, dass sie aufstand und die Stube verließ. Der Vater aber meinte: „Was hat sie denn, der Idiot versteht ohnehin kein Wort.“

Da täuschte er sich aber, denn Simon erspürte viel mehr, als der Schmied sich vorstellen konnte. Er war sehr empfänglich für Stimmungen innerhalb der Familie. Und diese Stimmung war, seit Simon auf der Welt war, noch angespannter und explosiver geworden. Da genügte oft ein kleiner Tropfen, um das Fass zum Überlaufen zu bringen. Maria und die Tochter Magdalena, besonders aber Simon, litten sehr unter diesen Konflikten.

Die beiden Brüder Franz und Erwin hatten mit der „dicken Luft“, die zu Hause oft herrschte, weniger Probleme. Sie hatten beide eine sehr robuste Natur und waren ziemliche Raufbolde, die ihre Streitereien auch untereinander häufig mit den Fäusten austrugen, kurze Zeit später aber wieder die besten Freunde waren. Auch in der Schule waren die „Schmiedbuben" bei ihren Mitschülern gefürchtet. Auch wenn sie untereinander stets zu Raufereien bereit waren – wenn ein Dritter dazukam, dann hielten sie zusammen wie Pech und Schwefel. Der Vater musste deswegen sogar den Herrn Lehrer aufsuchen, der sich darüber beklagte, dass die beiden schon für einige blutige Nasen bei ihren Mitschülern verantwortlich waren. „Das wird nicht wieder vorkommen, die können sich auf etwas gefasst machen", versicherte der Vater. Im Geheimen freute er sich aber über seine Söhne, die so ganz nach ihm selbst geraten waren. Schläge gab es trotzdem.

Simon hielt sich meistens in Gesellschaft seiner Mutter auf und begleitete sie, wohin sie auch unterwegs war. Er hing buchstäblich an ihrer „Kittelfalte", weil er sich nur in ihrer Gesellschaft sicher fühlte. Und so ruhig Maria in ihrer Familie auftrat, ihrem Simon durfte niemand etwas zuleide tun. Das verstand sogar der Schmied Franz und hielt sich von dem ungeliebten Kind weitgehend fern. Am liebsten war es dem kleinen Simon, wenn seine Mutter im Garten oder auf dem Kartoffelacker zu tun hatte. Da saß oder kniete er auf der Wiese und beobachtete die Welt, die die Natur geschaffen hatte. Mit erstaunlicher Ausdauer betrachtete er Gräser, Blumen und besonders die Insekten. Er staunte über die durchsichtigen Flügel der Bienen, über das wollige Fell der Hummeln, über die unterschiedliche Anzahl der schwarzen Punkte bei den Marienkäfern, über die kunstvollen Netze der Spinnen – besonders aber interessierten ihn die Ameisen.

Ein großer Ameisenhügel lag am Waldrand, direkt in der Nähe des Kartoffelackers. Simon konnte stundenlang das unermüdliche Treiben dieser kleinen Tiere beobachten, ohne dass ihm jemals langweilig geworden wäre. Wie sie ständig neues Baumaterial herbeischafften, dass sie auch weitaus größere Lasten schleppen konnten, als sie selbst schwer waren, wie sie zusammenhalfen, wenn eine alleine etwas nicht schaffte, wie sie aber auch wehrhaft gemeinsam ihre Feinde angriffen, auch wenn diese weitaus größer waren als sie selbst. Die Ameisen hatten sogar ihre eigenen Wege, die oft weit in den Wald hineinführten. Nach einem starken Regen waren sie eifrig dabei, den Hügel mit Fichtennadeln und kleinen Blattteilen auszubessern, um die zahlreichen Ein- und Ausgänge wieder freizulegen. Offensichtlich hatte jede einzelne Ameise ihre Aufgabe, die sie emsig ausführte. Simon hätte gern erfahren, wer oder was die Ordnung dieses Staates verwaltete. Gerne hätte er in das Innere des Ameisenbaues hineingesehen. Eines Tages konnte er der Versuchung nicht widerstehen. Er öffnete mit einem Stock vorerst nur einen kleinen Teil. Dann grub er immer tiefer in den Bau hinein, bis er die weißen Larven entdeckte, die in eigenen Kammern lagerten. Die Ameisen suchten zu retten, was zu retten war, und schnappten sich ihre Larven, um sie in Sicherheit zu bringen. Es entstand ein unheimliches Durcheinander in ihrer sonst so organisierten Welt. Simon starrte entsetzt auf das Chaos, das er angerichtet hatte, und es tat ihm augenblicklich sehr leid. Geschockt lief er davon. Einige Tage lang ging er nicht mehr zum Ameisenhügel, weil er gar nicht sehen wollte, was aus seinen kleinen Freunden geworden war. Dann aber siegte die Neugier. Zögernd näherte er sich dem Ameisenbau. – Und siehe da, die ärgsten Schäden hatten die fleißigen Ameisen schon wieder repariert. Die Grube, die er mit seinem Stock gegraben hatte, war zwar noch deutlich zu sehen, aber sie war schon wieder regensicher abgedichtet und mit mehreren Eingängen versehen.

Es schien so, als gingen die Ameisen wieder ihren Alltagsgeschäften nach, und offensichtlich wusste jede wieder, was ihre Aufgabe ist. Simon flüsterte: „Es tut mir so … leid." Das war sein erster Satz in seiner Muttersprache, aber nur die Ameisen hatten es gehört.

In der kleinen Welt der Gräser und Insekten fühlte sich Simon wohl. Er beobachtete auch gerne die stetigen Formveränderungen der Wolken und war fasziniert von der unendlichen Anzahl von Kristallformen, die Schneeflocken entwickeln, ehe sie sich auf seinen Fingerspitzen wieder in winzige Wassertröpfchen verwandelten. Er beobachtete die verschiedenen Farben der Natur und liebte es besonders, wenn das Wetter bedeckt und nebelig war. Ganz deutlich sah er dann die zarten Farben des Schnees und das Weiß der Wolken, das über Grau, Dunkel- und Hellblau, Rosa und Sonnengelb variieren konnte. Der grelle Sonnenschein war für ihn fast zu intensiv, denn er war schnell überfordert, wenn Sinneseindrücke zeitgleich auf ihn einströmten und er sie in seinen Gedanken nicht mehr sortieren konnte. Dann war es so, als hätte sein Kopf nicht genügend Platz für all die Bilder, die sich gleichzeitig darin breitmachen wollten und miteinander kämpften wie zwei wütende Hirschkäfer.

Dumm und stumm

Simon wurde auf Anraten des Schuldirektors ein Jahr später als üblich eingeschult. Alleine der Geruch in diesem Gebäude, das er an der Hand der Mutter zum ersten Mal betrat, machte ihm Angst. Es roch nach Schmierseife, nach ausgelatschten Schuhen und nach ungewaschenen Kleidern und Körpern. Er konnte sogar die Tafelkreide riechen und den Schuldiener, der, stets in einen grauen Arbeitskittel gekleidet, an ihnen vorbeischlurfte. Die Mutter spürte seine Unsicherheit, aber sie sagte: „In der Schule wird es dir sicher gefallen, dort sind viele Kinder und du wirst eine Menge lernen." Simon spürte ganz deutlich, dass die Mutter von ihren eigenen Worten nicht überzeugt war, und sagte wie meistens nichts. Er sagte auch nichts, als ihn der Lehrer nach seinem Namen fragte, und er wollte ihm auch die Hand nicht geben.

Weil Simon kleiner war als die meisten Kinder in seiner Klasse, bekam er einen Platz in der ersten Reihe zugewiesen. Neben ihm saß die kleine Rosi. Sie war noch kleiner als er. Die anderen Kinder spürten sofort seine Schwäche und Hilflosigkeit, weil Kinder dafür eine besondere Antenne besitzen. Der Herr Lehrer wusste, dass er es mit diesem Kind nicht leicht haben würde. Aber da der Bub folgsam auf seinem Platz sitzen blieb und es keinerlei Probleme mit der Disziplin gab, ignorierte er ihn die meiste Zeit. Manchmal richtete er doch eine Frage an den Buben. Obwohl Simon die Antwort oft wusste, brachte er kein Wort heraus.

Doch Simon wurde zu einem ausdauernden Beobachter. Er beobachtete die Körpersprache der anderen Kinder und konnte sie bald an ihren Stimmen erkennen. Während der Unterrichtsstunden hatten die Kinder ja Stillschweigen zu bewahren und ruhig auf ihren Plätzen zu verweilen. Aber in den Pausen, wenn der Lehrer die Klasse verließ, gab es ein fürchterliches Durcheinander an Stimmen und Bewegungen. Das war für Simon ganz und gar unerträglich. Um die Pausenzeiten einigermaßen zu überstehen und sich selbst zu beruhigen, wiegte Simon seinen Oberkörper stetig hin und her, hielt sich die Ohren zu und auch seine Augen blieben verschlossen. Das kam dann wieder seinen Schulkameraden sehr seltsam vor. Sie verspotteten ihn und nannten ihn „stummer Depp".

Die Informationen des Lehrers nahm Simon mit seinen sensiblen Sinnesorganen sehr rasch auf und er lernte sogar einigermaßen den Umgang mit dem Griffel auf seiner kleinen Schiefertafel. Ein besonderes Verhältnis hatte er zu Zahlen. Er zählte unentwegt alle Dinge und Personen, die ihm begegneten, und merkte sich die Ergebnisse für alle Zeit. Er zählte die Buben, die Mädchen, die Schuhe, die Sessel und Tische und die Jacken in der Garderobe. Er wusste genau, wie viele Kreidestücke in der Holzleiste unter der großen Tafel lagen, wie viele Stufen bis in den ersten Stock führten und wie viele Fenster und Türen das Schulgebäude aufwies.

Aber nach wie vor sprach er nicht und beantwortete keine einzige Frage seines Lehrers. Der rief die Mutter in die Schule, um ihr zu raten, Doktor Bergauer aufzusuchen, um den Buben untersuchen zu lassen, denn seine Vermutung, dass Simon taub oder stumm oder beides sei, liege nahe. Die Mutter fuhr also samt Simon mit dem Postbus in die Stadt, wo der Doktor seine Ordination betrieb, obwohl der Vater dieses Unternehmen für völlig unnötig hielt. Schon allein die Fahrt mit dem Bus war für Simon nicht leicht zu ertragen. Die schnell vorbeiziehenden Bilder der Landschaft waren für ihn angsteinflößend und verstörend. Aber da konnte er ja bei seiner Mutter Schutz finden, die ihm versicherte, dass ihm nichts geschehen werde.

In der Ordination des Arztes warteten schon viele Menschen. Als die Mutter und Simon nach langer Wartezeit endlich an die Reihe kamen, untersuchte der Doktor Simon zuerst auf körperliche Mängel und fand keine Besonderheiten. Dann wollte er herausfinden, ob mit dem Gehör des Buben alles in Ordnung war. Sein Hörtest gestaltete sich dermaßen, dass der Doktor hinter Simon mit einem Holzhammer gewaltig auf eine Metallschale einschlug, worauf der Bub zitternd zusammenfuhr. „Also, hören tut er! Aber warum spricht er nicht?", wollte der Doktor von der Mutter wissen, die ja genau deshalb in die Ordination gekommen war. „Mit mir spricht er manchmal schon, aber er ist sehr schüchtern Fremden gegenüber", antwortete die Mutter. Der Arzt notierte das Ergebnis in seinen Aufzeichnungen:
Simon Bockshofer, Sohn des Schmiedemeisters Franz Bockshofer, wohnhaft in Breitenberg,
Diagnose: Offensichtlich stumm, geistig zurückgeblieben und debil.

Damals nahm man es nicht so genau mit der ärztlichen Schweigepflicht und das Wort „Datenschutz" war noch gar nicht erfunden. Daher wurde das Attest des Dr. Bergauer selbstverständlich an die Schule übermittelt. Der Lehrer fühlte sich in seinem Urteil über Simon neuerlich bestätigt. Dieses Kind galt ihm als nicht bildungsfähig, aber es war willig und ruhig und wurde daher auch weiterhin in der Schule geduldet. Das sollte sich bald ändern.

Als Simon eines Tages aus der Schule nach Hause kam, klagte er bei der Mutter über starke Bauchschmerzen. Sie hatte ohnehin sofort bemerkt, dass mit ihrem Sohn irgendetwas nicht in Ordnung war. Er war blass wie eine Wand und betrat zusammengekrümmt das Vorhaus. Die Mutter steckte den Buben daraufhin ins Bett und legte warme, feuchte Tücher auf seinen verhärteten Bauch. Das war allerdings genau das Verkehrte! Simons Schmerzen wurden immer unerträglicher, er wimmerte und weinte immer heftiger. Da blieb nichts anderes übrig, als den Doktor zu verständigen. „Verdacht auf Blinddarmentzündung“, meinte der, und man solle nicht mehr länger zuwarten.

Simon wurde ins Krankenhaus gebracht und noch am gleichen Tag am Blinddarm operiert. „Das war knapp“, sagte der Chirurg zu der bang wartenden Mutter, denn wenn man nicht sofort operiert hätte, wäre der Blinddarm in den nächsten Stunden durchgebrochen, da hätte es wohl keine Hilfe mehr gegeben. Simons Mutter dankte dem Chirurgen und auch Simons Schutzengel, die beide Simon am Leben erhalten hatten. Nun musste der Bub im Krankenhaus bleiben, und weil es eine schwierige Operation gewesen war, dehnte sich sein Krankenhausaufenthalt über fast zwei Wochen aus. Das war eine schwere Zeit für Simon und auch für seine Mutter. Weil aber die Mutter auch zu Hause ihre Pflichten zu erfüllen hatte und weil die Fahrt mit dem Postbus ziemlich langwierig war, war es ihr nicht möglich, Simon öfter als an den Sonntagen zu besuchen. Mehr als einmal stand die Mutter mit Tränen in den Augen am Küchenherd. Als der Schmied das bemerkte, meinte er nur: „Was hast du denn, die werden schon das Nötige tun für deinen Liebling.“

Simon fühlte sich verlassen und einsam, obwohl im Krankenzimmer neun weitere Kinder in ihren Betten lagen. Dazu kamen die Schmerzen nach der Operation und die vielen fremden Menschen, Ärzte und Schwestern, die ihm Angst einjagten in ihren weißen Kitteln. Simon vermisste seine Mutter und ihren „Abendsegen“, ohne den er kaum zur Ruhe kam. Wenn der Oberarzt fragte: „Na, wie geht es dir heute?“, brachte Simon natürlich wieder einmal kein Wort heraus. Die Schwester meinte, das Attest des Hausarztes lasse vermuten, dass dieses Kind stumm sei, aber die Wunde werde gut verheilen. Das sei in diesem Fall wohl vorrangig. „Ob der Simon wirklich stumm ist, weiß ich nicht zu sagen, vielleicht ist er auch nur sehr schüchtern", meinte der Oberarzt und blickte dem Buben aufmerksam in seine auffallend blauen Augen.

Im Krankenhaus war es nie richtig still, immer weinte eines der Kinder, das Essen wurde ausgeteilt, die Betten frisch überzogen, der Boden gesäubert und desinfiziert – ein Geruch, der Simon fast unerträglich erschien, so scharf und beißend. Dann kam wieder die „Visite", und das alles war fremd und angsteinflößend. Wenn aber der Oberarzt an sein Bett trat, spürte Simon so etwas wie Wohlwollen und Güte von diesem Mann ausgehen. Als der wieder einmal die Frage stellte „Na, Simon, wie geht es dir heute?", antwortete er erstmals: „Gut." „Na also – wer sagt's denn –, man sollte nie voreilig urteilen!", sprach der Oberarzt ein weises Wort.

Als die Nähte entfernt waren, durfte Simon wieder nach Hause. Er reagierte auf die überschwängliche Wiedersehensfreude seiner Mutter mit einem verhaltenen Lächeln. Aber das war in seinem Fall schon sehr viel. Der Vater hatte ihn im Krankenhaus kein einziges Mal besucht. Das wäre für Simon ohnehin nicht angenehm gewesen – im Gegenteil. Nach einer Woche durfte Simon wieder die Schule besuchen. Er wäre lieber zu Hause bei seiner Mutter geblieben. Aber jetzt kamen ja bald die Sommerferien. Simon zählte die Tage.

Jedes Jahr am 15. August, zu Mariä Himmelfahrt, kamen die „Milan Zigeuner" in den Ort. Damals hatte man noch keine Bedenken bei dem Wort „Zigeuner" – das war einfach eine Bezeichnung für das fahrende Volk, egal ob sie aus Ungarn oder Rumänien oder sonst woher stammten. Und weil der Chef des Clans ein gewisser „Milan“ war, nannte man sie die „Milan Zigeuner“. Dieser Milan hatte mit der Gemeinde die Standzeiten vereinbart und war der Sprecher für alle äußeren Angelegenheiten. Wenn es Probleme gab, weil zum Beispiel jemand aus dem Ort angab, von den Zigeunern bestohlen worden zu sein, wurden die Beschwerden mit Milan abgesprochen. In Wirklichkeit gab es jedoch kaum Probleme mit den Zigeunern, die man ja schon seit vielen Jahren kannte. Aber es gab natürlich Vorurteile und Ängste und man sperrte in der Zeit ihrer Anwesenheit die Haustüren auch tagsüber zu und wies die Kinder und besonders die jungen Mädchen an, dem Zigeunerlager nicht zu nahe zu kommen.

Innerhalb des Clans mussten alle wichtigen Entscheidungen vom „Chef“ abgesegnet werden. Er war derjenige, der die Entscheidungen traf, und er regierte seine Leute mit harter Hand. Wenn er einmal in einer Sache entschieden hatte, gab es keine weiteren Diskussionen mehr. Die Anzahl der Leute schwankte. Es kam darauf an, ob in der Zwischenzeit ein Kind geboren worden oder eventuell jemand verstorben war. An Nachwuchs mangelte es im Clan auf keinen Fall. Die meisten Mitglieder des Clans waren wohl miteinander verwandt. In diesem Jahr hatte sich in der Hierarchie allerdings einiges geändert. Der alte Milan war sehr krank geworden und konnte seine Regentschaft nur mehr pro forma ausüben. Sein Sohn, der ebenfalls Milan hieß, wie alle erstgeborenen Söhne, hatte seine Position längst übernommen, aber solange der alte „Chef“ am Leben war, musste man so tun, als wäre er noch entscheidungsfähig. Der junge Milan gab vor, jedes Mal seinen Vater um Rat zu fragen, auch wenn er die Angelegenheit schon längst selbst entschieden hatte. Die Clanmitglieder pflegten den alten, kranken Mann mit großer Aufmerksamkeit und Respekt und verehrten ihn wie einen Heiligen. Lang würde er wohl nicht mehr leben, aber seine Nachfolge war seit langer Zeit geregelt. Auch einen Enkelsohn mit dem Namen „Milan“ gab es bereits.

Obwohl man jedes Jahr mit ihrem Auftauchen am Marienfeiertag rechnete, war der Einzug der Zigeuner, besonders für die Kinder des Ortes, immer eine kleine Sensation. Die Zigeuner kamen mit drei Planwagen, die von Arbeitspferden unbestimmbarer Rasse gezogen wurden, und bauten auf der Gemeindewiese ihr Lager auf. Dabei stellten sie die drei Wagen in einer Weise ab, dass eine Art geschützter Innenplatz entstand, den kein Fremder betreten durfte. Auf diesem Platz errichteten sie ihre Feuerstelle und saßen an den Abenden um das Feuer herum. Da sangen sie ihre seltsamen, fremden Lieder, die alle ziemlich traurig klangen. So lebten sie also nach ihren eigenen Gesetzen und Bräuchen und hatten wenig Kontakt zur Ortsbevölkerung. Um ein wenig zu Geld zu kommen, boten sie ihre Dienste als Scherenschleifer und Kesselflicker an. Dazu zog einer der jüngeren Burschen von Haus zu Haus mit dem Spruch: „Scheren schleifen, Kessel flicken – kost' nicht viel Geld!“ Und weil die Leute wussten, dass diese Dienste verlässlich und gut erledigt wurden, brachten sie ihre stumpf gewordenen Schneidewerkzeuge und löchrigen Kochtöpfe, um sie wieder gebrauchsfähig herrichten zu lassen.

Auch die Greißlerei des Ortes profitierte von dem fahrenden Volk, das sich jedes Mal mit einer nicht unwesentlichen Menge an Gebrauchsgütern eindeckte, ehe es wieder weiterzog. Die Frauen kauften verschiedene Stoffe ein; je bunter, desto lieber. Sie kauften auch Mehl, Zucker, Margarine und Petroleum. Bei einem Bauern erwarben sie immer einige Säcke Hafer für ihre Pferde, die in einem erstaunlich gepflegten Zustand waren. Der Schmied konnte ebenfalls mit einem Geschäft für seinen Betrieb rechnen, weil die Zugpferde der Zigeuner in jedem Jahr bei ihm neu beschlagen wurden. Diese Leute zahlten verlässlich und prompt.

Eine der Zigeunerinnen hatte angeblich die Fähigkeit, in die Zukunft zu schauen, indem sie den Leuten aus der Hand las oder die Karten befragte. Sie hieß Robinia und hatte diese Begabung von ihrer Mutter übernommen, die aber am Ende einen recht ungepflegten Eindruck auf ihre „Kundschaften“ machte. Deshalb wollte fast niemand mehr ihre hellseherischen Fähigkeiten in Anspruch nehmen. Robinia hingegen war eine ausgesprochene Schönheit mit ihrer schwarzgelockten, langen Haarpracht und den feurigen Augen, die angeblich in das Innerste der Menschen blicken konnten. Ihre Einkünfte machten mittlerweile schon einen Großteil der Einnahmen des Clans aus, denn das Geld wurde selbstverständlich vom Chef verwaltet und gerecht geteilt.

Eines Tages arbeitete Simons Mutter auf dem Kartoffelacker, der in der Nähe der Gemeindewiese lag. Simon war selbstverständlich mit ihr gegangen. Die Mutter rechnete fest damit, dass Simon wieder bei seinen geliebten Ameisen sein würde, und achtete nicht besonders auf ihn. Der Bub war allerdings zum nahen Zigeunerlager gelaufen und beobachtete interessiert die für ihn fremde Lebensweise. Als die Mutter nach ihrem Sohn Ausschau hielt, traute sie ihren Augen kaum, weil Simon, der sonst Fremden gegenüber sehr scheu und zurückhaltend war, sich in der Nähe des Lagers aufhielt. Robinia kniete vor ihm und betrachtete die Linien seiner Hand. Offensichtlich hatte Simon kein Problem damit, die Berührung auszuhalten, und blickte der jungen Frau ganz ruhig in die Augen. Maria wollte Simon gleich mitnehmen, aber Robinia hielt seine kleine Hand in der ihren und sagte: „Dieses Kind ist sehr stark und hat das dritte Auge auf seiner Stirn. – Er hat ein langes Leben vor sich.“ Ihr Simon sollte stark sein? Das war neu. Bisher war er von allen immer nur als klein und schwach angesehen worden. Seltsam froh ging Maria nach Hause. – Die Worte der jungen Zigeunerin hatten sie zuversichtlich gestimmt.

Dann geschah es, dass der alte Milan starb und rasch begraben werden musste. Es war August, und es war sehr warm. Der junge Milan, der jetzt auch ganz offiziell der Chef des Clans war, ging zum Pfarrer, um das Begräbnis und die Grabstätte mit ihm zu besprechen. Der Pfarrer hatte ihm schon einen Platz zugewiesen und war auch bereit, den alten Milan einzusegnen. Da aber regte sich der Widerstand besonders der frommen Gemeindemitglieder, die es nicht hinnehmen wollten, dass dieser Zigeuner auf ihrem Friedhof beerdigt werden sollte. War er überhaupt ein Christ?, fragte man sich. Wer wusste, ob er getauft war? In der Kirche hatte man ihn noch nie gesehen. Da kam Milan aber mit der Taufurkunde seines Vaters, die in ungarischer Sprache abgefasst war. Zwar konnte sie niemand lesen, aber sie war unzweifelhaft mit christlichen Symbolen und dem Stempel einer ungarischen Pfarre ausgewiesen. Nun stand einem christlichen Begräbnis nichts mehr im Wege und eine solche Beerdigung hatten die Breitenberger noch nie gesehen. Die Zigeuner kamen in ihren schönsten Kleidern: die Männer ganz in Schwarz, die Frauen mit weit schwingenden, bunten Röcken. Sie sangen Lieder, die seltsam weich und traurig klangen. Die Frauen hatten Kränze aus Wiesenblumen gebunden und schmückten diese mit bunten Streifen aus Krepppapier. Ein einfaches Holzkreuz wurde für den alten Clanchef aufgestellt und der junge Milan beteuerte, dass er im nächsten August beim Schmied ein Grabkreuz bestellen würde, aber dafür müssten sie noch ein Jahr lang sparen. Dann zogen sie weiter, aber sie kamen nie mehr wieder. Viele Jahre später trafen wieder Zigeuner in Breitenberg ein, aber aus einer anderen Sippe. Von ihnen erfuhren die Leute, dass die „Milan Zigeuner" alle mitsammen nicht mehr am Leben waren. Sie waren angeblich in einem Konzentrationslager der Nazis vergast worden. Damit wollte niemand etwas zu tun haben und es wurde nicht weiter darüber gesprochen.

Heil dir, Führer!

Die Luft über den Stammtischen im Wirtshaus wurde zunehmend dicker. Die Männer hatten heiße Themen zu diskutieren: Wirtschaftskrise, Inflation, Arbeitslosigkeit. Kann das kleine Österreich auf die Dauer wirtschaftlich überleben? Viele konnten sich das nicht vorstellen. Aber die Ansichten der Leute gingen weit auseinander und spalteten sogar manche Familien. Obwohl am Land die Arbeitslosigkeit die Landwirte und Handwerker weniger betraf, war doch in den Städten bereits eine Notsituation ausgebrochen. Auch die Lebensmittelversorgung wurde nach und nach schwieriger. Die Menschen schauten über die Grenze nach Deutschland, wo eine neue politische Führung offenbar viele Probleme bereits bewältigt hatte und die wirtschaftliche Situation weitaus besser war. „Wir sollten uns an Deutschland anschließen", meinten viele. Es gab aber auch Skeptiker, die befürchteten, dass im Falle eines Anschlusses an Deutschland die Interessen Österreichs kaum mehr berücksichtigt und die Entscheidungen allesamt in Deutschland gefällt würden. So gingen die Meinungen hin und her. Der Wirt profitierte von den aufgeladenen Diskussionen, die von viel Bierkonsum begleitet wurden.

Bald organisierten sich die vorerst noch illegalen Deutschnationalen, die mit einigen nächtlichen Werbeaktionen das Thema am Kochen hielten. – Ihre Anhänger wurden immer zahlreicher. Ein Mann aus Deutschland, Rüdiger, bereiste viele österreichische Orte, um für die neue Partei zu werben. Er war sehr redegewandt, die Zuhörer hingen begeistert an seinen Lippen. Der Ortbacherwirt war so etwas wie eine Kommandozentrale, von der aus die meisten Aktionen gestartet wurden. Einige Wochen später wurden die neuen Ideen bereits ganz offen verkündet. Der Boden war bereitet.

Am 12. März 1938 marschierte dann der von vielen herbeigesehnte „Führer" mit seinen Truppen in Österreich ein. Die Filmaufnahmen von damals zeigen uns eine jubelnde Menge, die voll Enthusiasmus den vermeintlichen Retter in der Bundeshauptstadt begrüßte. Auf einmal tauchten auch in Breitenberg neue Fahnen mit dem Hakenkreuz auf, die die alten in Rot-Weiß-Rot ersetzten.

In der Schule hatte der Schulwart keine große Freude mit dem häufigen Wechsel der Staatsoberhäupter. Bedeutete es doch, dass er, ausgestattet mit einer Stehleiter sowie mit Hammer und Nägeln, in allen Klassenzimmern und in der Eingangshalle die Porträts der Machthaber auszutauschen hatte. Er murmelte seinen Frust leise vor sich hin, denn offensichtliche Kritik war nicht erwünscht, das war bald klar. Simon machte dieses Bild Angst. Dieser stechende Blick und der schwarze Oberlippenbart veränderten die Atmosphäre in den Räumen der Schule. Ein neuer Gruß wurde eingeführt. Man hatte mit „Heil Hitler" zu grüßen und das Morgengebet wurde durch den Spruch „Heil dir, Führer Adolf Hitler, jauchzt das ganze deutsche Land. Als ein neuer Heilsvermittler bist du uns von Gott gesandt" ersetzt. So wurde bereits den Kindern in der Schule eingetrichtert, wer von nun an Gottes Stelle übernommen hatte. Simon verstummte wieder komplett. Auch in allen Ämtern und im alltäglichen Umgang war der Hitlergruß von nun an üblich und gefordert. Bald wurde wirklich manches besser. Die Arbeitslosen verschwanden von den Straßen und Plätzen, man konnte ja die meisten in der Rüstungsindustrie unterbringen. Viele Betriebe arbeiteten für die Ausstattung des Militärs. Die Menschen hätten eigentlich hellhörig werden müssen, manche ahnten schon die Absichten, die dahintersteckten. Es dauerte auch gar nicht lange, da war es angeblich nicht zu vermeiden, dass ein Krieg ausbricht. Das war am 1. September 1939. Die deutschen Truppen marschierten in Polen ein. Der Zweite Weltkrieg nahm seinen grausamen Lauf.

Als die ersten Soldaten rekrutiert und mit Musikbegleitung und mit Blumen geschmückt mit der Eisenbahn abtransportiert wurden, jubelten die Menschen zum Teil immer noch. „Das wird nicht lange dauern, wir werden siegen!", riefen sie den jungen Soldaten zu. – Viele kamen nie mehr zurück. Bald wurde auch bekannt, dass der Führer ein gesundes „arisches" Volk wünschte. Alle, die dieser Norm nicht entsprachen, hatten bald zu Recht Angst. Hektisch wurden die Geburtsurkunden, Tauf- und Trauungsscheine durchforscht, ob nicht, Gott bewahre, irgendwo ein nicht arisches „Element" auftauchte. Postenbesetzungen wurden nach jenen Kriterien vorgenommen, die nun für alle galten. Oftmals wurden wenig geeignete Personen eingesetzt – wichtig war die politische Einstellung, die man deutlich vor sich hertrug. Unerwünscht waren rassenfremde und kranke Menschen. Die Feindbilder waren bald ausgemacht: Juden, Homosexuelle, Zigeuner und Behinderte gefährdeten angeblich die Volksgesundheit und die gewünschte „Rassenreinheit". Auch in Breitenberg kam es zu Neubesetzungen in den Ämtern. Der bisherige Bürgermeister, der Postleiter und der Schuldirektor wurden von parteitreuen Männern abgelöst – nicht gerade zum Vorteil bei der gebotenen Sachkompetenz. Viele junge, unverheiratete Frauen wurden zum sogenannten „Reichsarbeitsdienst" verpflichtet. – Nur Magdalena durfte zur Unterstützung der Mutter zu Hause bleiben. Aber die Schwestern Berta und Franziska wurden meistens in Bauernhöfen der Umgebung zur Entlastung der Bäuerinnen im Haushalt und für die Beaufsichtigung der Kinder eingesetzt.

Berta erzählte, dass sie einmal in einen unendlich verdreckten Haushalt kam. Als sie die große Stube das erste Mal betrat, traute sie ihren Augen kaum. Das jüngste Kind, ein Mädchen, das noch im Krabbelalter war, war mit einem Strick an den großen Esstisch angebunden, was dem Kind kaum Bewegungsfreiheit ließ. Das Kind hatte bereits Schürfmale an den Beinchen und war in einem erbärmlichen, verwahrlosten Zustand. Berta, die die direkte Art ihres Vaters geerbt hatte, konnte mit ihrer Meinung nicht hinter dem Berg halten: „Bäuerin, hör zu!", rief sie. „Was du da mit dem Kind treibst, muss ich bei der Kreisleitung melden. Ein Kind anbinden, wie ein Vieh – das geht gar nicht! Das ist ein Fall für die Fürsorge. Binde es sofort los!" Die Bäuerin, die, wie alle anderen, großen Respekt vor der Kreisleitung hatte, tat sofort wie ihr geheißen. Berta war von nun an eine Respektsperson in diesem Haushalt, die auch die dringend notwendigen Reinigungsarbeiten dirigierte. Der Stubenboden war schon lange nicht mehr ausgerieben worden, der Herd und die Töpfe waren schmutzig, die Wäsche in den Betten, sowie die Kleider der Kinder schon lange nicht mehr gewaschen worden. Berta krempelte die Ärmel hoch und tat, was nötig war. Die jungen Mädchen vom Arbeitsdienst waren eine große Hilfe für die Haushalte und haben die für den Kriegsdienst einberufenen Väter und Söhne nach Kräften zu ersetzen versucht. Das brachte allerdings mit sich, dass sie auch schwere Arbeiten zu verrichten hatten, die sonst von den Männern geleistet worden wären.

Es dauerte nicht lange, bis auch das Kloster von einer Abordnung der Partei „Besuch" bekam. Der Obersturmführer Herrenthaler und fünf weitere Uniformträger pochten recht lautstark an die große Klosterpforte und der Pförtner schloss ohne Argwohn auf. Sie wünschten den Abt zu sprechen. – „Aber ein bisschen dalli!" Der Abt hatte von seinem Büro aus den Tumult beobachtet und war fest entschlossen, sich nicht ohne Weiteres zu fügen. So nahm er Aufstellung vor dem schmiedeeisernen Tor, das die Klausur der Klostergemeinschaft abschloss.

„Sperr das Tor auf!", kam es in lautstarkem Befehlston.
Aber der Abt breitete seine Hände aus wie Christus am Kreuz und erwiderte: „Die Klausur darf nur von Mitgliedern der Klostergemeinschaft betreten werden!"
„Na das werden wir ja sehen, und wenn du nicht noch heute deinem Gott entgegentreten willst, dann sperr' auf und geh zur Seite!"
Doch der Abt weigerte sich weiterhin und rührte sich nicht von der Stelle. Daraufhin zog der Obersturmführer seine Waffe und schoss dem Abt in das rechte Knie. Der Abt brach lautlos zusammen.
Da kam der Kämmerer angerannt und rief: „Bruder Martin, um Gottes willen, das hat doch keinen Sinn!"
Er schloss das Tor auf und ließ den Sturmtrupp passieren.
Die ganze Horde stürmte die Treppe hoch und nahm im Festsaal des Klosters Aufstellung: „Das ganze Personal antreten – auch die Angestellten, das ist ein Befehl!"

Es half alles nichts! – Das Kloster wurde von den Nationalsozialisten „vereinnahmt" und alle wehrfähigen Männer mussten sich am nächsten Tag bei der Kommandozentrale zum Dienst mit der Waffe verpflichten. Den alten Klosterbrüdern wurde vorerst gestattet, in einem Nebengebäude der Klosteranlage zu wohnen. Die Uniformierten waren aber noch nicht fertig. Sie stürmten polternd durch alle Räume und ließen auch den Keller nicht aus. Dort bedienten sie sich ausführlich an den Wein- und Biervorräten. Der Einsatz endete in einem Saufgelage. Der Abt war durch die Schussverletzung, die ihm das Knie regelrecht zertrümmert hatte, nicht mehr „wehrfähig". Sein Bein war so arg verletzt, dass er sein Leben lang am Stock gehen musste. Aber er sah das alles als eine Prüfung an und ertrug seine Schmerzen, ohne zu klagen. Das Kloster wurde regelrecht geplündert. Die wertvollen alten Handschriften und Bilder und auch die sakralen Gegenstände aus der Sakristei und der

Kapelle fielen den neuen Machthabern in die Hände. Man hat nie erfahren, wohin sie gebracht worden waren. Aber noch schlimmer war der Verlust an Menschenleben, denn etliche der eingezogenen Klosterbrüder kamen nicht mehr lebend aus dem Krieg zurück. Die alten Ordensbrüder konnten diese Geschehnisse nicht verstehen. Das Kloster bestand seit mehr als 300 Jahren und war für ihre Ordensgemeinschaft immer Heimat und Rückzugsort gewesen, auch in schweren Zeiten.

Tote Kinder

Der Schmied war ein glühender Hitlerverehrer, bis sein ältester Sohn Franz in den Kriegsdienst einrücken musste. Bald wurde auch der Geselle Karl an die Front gerufen. Die Arbeit musste trotzdem erledigt werden. Maria hatte Angst um ihre Kinder, besonders um Simon. Eines Tages kam Simon nicht mehr von der Schule nach Hause. Maria wurde erklärt, dass man ihn in ein „Erholungsheim" gebracht hatte. Der Schmied war in diese Aktion eingeweiht worden, aber Maria gegenüber hatte man es verschwiegen, um ein „Abschiedstheater" zu vermeiden. „Sei doch froh, man wird sich gut um ihn kümmern", meinte der Schmied, aber er war selbst nicht überzeugt davon. Maria wurde fast krank vor Sorge um ihren Sohn und fand keine Ruhe mehr. Sie hatte keine Ahnung, wohin Simon gebracht worden war, es gab aber schon Berichte, dass jene Kinder nicht mehr nach Hause kommen würden. Allerdings durfte man nicht offen darüber sprechen. Wer hatte überhaupt dafür gesorgt, dass der Bub bei der Kreisleitung als behindert gemeldet worden war? Das System war straff organisiert. Behinderte Kinder mussten von den Ärzten und Schulen bekanntgegeben werden, ein dementsprechendes Attest war ja vorhanden.

In einem abgedunkelten Kleintransporter wurden Simon und einige andere Kinder in das „Kinderheim" gebracht. Warum hatte ihm die Mutter nichts davon gesagt, dass er weggebracht wurde? Sie hatte sich auch nicht von ihm verabschiedet. Die anderen Kinder hatten alle einen kleinen Koffer oder ein Bündel bei sich, er hatte nur seine Schultasche mit der kleinen Schiefertafel. Manche Kinder weinten, aber Simon hatte selbst in dieser Situation keine Tränen für seinen Schmerz und seine Angst. Wie versteinert saß er auf der Holzbank in diesem Transporter und ahnte, dass viel Leid und Gefahr auf sie alle zukommen würde.

Nach einer langen Fahrt wurden sie in einen eigenartig riechenden Raum gebracht. Dort roch es nicht nur nach Desinfektionsmittel und Entlausungspulver – ein anderer Geruch drängte sich in den Vordergrund. Es roch nach Angst, nach Brutalität und Menschenverachtung! Die Kinder wurden nackt ausgezogen und mussten sich in einer Schlange anstellen. Dann kamen sie nacheinander zur Untersuchung. Manche Kinder waren noch so klein, manche auch gehbehindert, dass sie nicht alleine stehen konnten und von einer der Schwestern auf den Arm genommen werden mussten.

Simon begann zu zittern, zuerst nur an den Händen, dann am ganzen Körper. Seine Knie gaben nach, und er brach zusammen. Er lag nackt, zusammengekrümmt und zitternd auf dem kalten Fliesenboden und war unfähig, sich aufzurichten. Da verpasste ihm eines der Beine, die rund um ihn herumstanden, einen Fußtritt in den Rücken mit den Worten: „Steh sofort auf, du Tachinierer!" Simon wollte auch aufstehen, aber sein Körper war ohne Kraft, wie aus Gummi. Dann zerrten sie ihn auf eine Liege und ein Arzt untersuchte ihn. Die Ergebnisse wurden von einer Schwester in ein Karteiblatt eingetragen. „Epilepsie notieren Sie noch dazu", befahl der Arzt.

Vorerst wurden alle Kinder entlaust. Ihre Schädel wurden kahl rasiert, wobei die Zöpfe der Mädchen in eine bereitstehende Kiste geworfen wurden. Die Kinder wurden vermessen, fotografiert und mit einer einheitlichen Anstaltskleidung ausgestattet. Jedes Kind bekam eine Nummer, die auch auf den Jacken ersichtlich war. Simon erhielt die Nummer 388 und hatte von diesem Moment an keinen Namen mehr. Dann wurden die Kinder in einen großen Schlafsaal gebracht. Auch sein Bett trug die Nummer 388. Während der ganzen Prozedur wurde kaum gesprochen.

Im Schlafsaal standen entlang der Wände zahlreiche Betten, in der Mitte befanden sich ein langer Holztisch und einfache Holzbänke. Die Betten waren rundherum mit Gittern ausgestattet, sodass die Kinder Tag und Nacht eingesperrt waren. Auch Simon wurde in einen solchen Bettkäfig eingesperrt. Sein Zitteranfall dauerte an, sodass er seine Umgebung nur wie durch einen Schleier wahrnehmen konnte. Je mehr er sich bemühte, das Zittern zu unterdrücken, desto heftiger wurde es. Die meisten Kinder lagen oder saßen vollkommen apathisch in ihren Betten und blickten mit großen, ängstlichen Augen in diese entsetzliche Welt, die sie nicht begreifen konnten. Manche hatten begonnen, ihre Köpfe an die Gitterstäbe zu stoßen, bis sie bluteten. Andere rüttelten stundenlang an den Bettgestellen, bis sie vor Erschöpfung einschliefen. Warum hatte man sie hierhergebracht? Warum waren sie eingesperrt? Wo waren die Eltern und Geschwister? Wie soll ein Kind das alles in seiner Gedankenwelt einordnen? Sie fühlten sich alle verlassen und verzweifelt.

In dem Saal stank es ganz erbärmlich. Simon litt am Anfang sehr unter diesem Gestank. Nach einiger Zeit nahm er allerdings kaum mehr etwas wahr. Er hatte offenbar seine Nase und auch seine Augen und Ohren fest verschlossen. Er hatte begonnen, sich von dieser Umgebung gedanklich zu distanzieren. Anders wären diese Umstände auch nicht auszuhalten gewesen. Von Zeit zu Zeit wurden die Kinder auf einen Topf gesetzt, aber in der Nacht kümmerte man sich nicht um ihre Bedürfnisse. Wenn am Morgen das Bett nass war, wurde das Wort „Bettnässer“ auf einer Tafel, die am Bett angebracht war, eingetragen.

Es gab alle Altersstufen – von wenige Monate alten Babys bis zu 14-Jährigen. Die Kinder wurden nach Alter und Schwere der Behinderung in verschiedene Gruppen eingeteilt. Viele Kinder waren von Geburt an körperlich beeinträchtigt. Manche hatten unnatürlich kleine oder große Köpfe oder auch verkrüppelte Gliedmaßen infolge einer Kinderlähmung oder von Mangelernährung und Rachitis. Es gab immer das gleiche Essen, einen dünnflüssigen Grieß- oder Haferflockenbrei. Manche Kinder konnten aufgrund ihrer Behinderung nicht selbstständig essen, aber das kümmerte niemanden. Wenn die Essenszeit vorbei war, wurden die Teller einfach weggeräumt. „Da werden die Schweine sich aber freuen", meinte die Schwester und schüttete den Brei in einen Kübel. Simon sah man seine „Behinderung" äußerlich nicht an, aber er galt als stumm und schwachsinnig. Seit der Zitterattacke hatte er auch noch die Diagnose als Epileptiker. Die Betreuerinnen waren angehalten, keinen persönlichen Kontakt zu den Kindern aufzunehmen. Sie beschränkten sich auf unbedingt notwendige Hygienemaßnahmen. Offensichtlich hatten diese „Schwestern" ihre Gefühlsempfindungen komplett ausgeschaltet. Wie sich später herausstellte, hatten manche von ihnen sogar eigene Kinder zu Hause. Das „Kinderheim" war für sie aber eine abgeschlossene Welt, eine Welt ohne Menschenrechte und Erbarmen.

Auch in den Nächten brannte das elektrische Licht. Nie war es ruhig. Die Kinder hatten Heimweh und viele weinten die ganze Zeit. Sie sollten aber still sein. Wenn ein Kind nicht aufhörte zu schreien, kam eine „Schwester" und schlug das schreiende Kind mit einem Stock. Viele Kinder verweigerten die Nahrung und wurden immer schwächer – manche Kinder verhungerten. Wenn ein Kind tot war, wurde es weggetragen. Ein anderes Kind nahm seinen Platz ein. Oft wurde nicht einmal die Bettwäsche gewechselt.

Alle paar Tage ging der Anstaltsarzt durch die Bettenreihen und gab den Schwestern den Auftrag, einen roten Punkt auf einzelnen Bettentafeln anzubringen. Diese Kinder wurden bald abgeholt. Da kam eine „Schwester", die ansonsten nie bei den Kindern war, und führte die Kinder hinaus. Diese Kinder kamen nicht wieder. Simon bemerkte, dass die „schweren Fälle" zuerst weggebracht wurden. Das waren die Kinder, die als besonders „lebensunwert" eingestuft waren. Neben Simon lag ein kleiner Bub mit der Nummer 387. Besonders in der Nacht schaffte er es nicht, ruhig zu bleiben, und bekam oft den Stock der Nachtschwester zu spüren. Simon wollte seinen Bettnachbarn dazu bringen, still zu sein: Wenn die Schwester die Tür hinter sich geschlossen hatte, verfiel er in einen leisen Singsang, der den Kleinen manchmal auch wirklich beruhigte: „Ist ja gut, ist ja gut, Gott schütze dich! Du musst nicht weinen, sonst schlägt sie dich wieder." Aber es dauerte nicht lange, und der Kleine mit der Nummer 387 wurde weggeführt. Danach wurden die Strohmatratzen zum Auslüften aufgestellt, das Bettzeug wurde nicht gewechselt. Bald kam ein anderes Kind auf die Nummer 387, auch dieses nicht für lange Zeit.

Simon träumte sich in eine Fantasiewelt hinein, die seine Angst besänftigen sollte. Jeden Abend erinnerte er sich an den Segensspruch seiner Mutter, er zeichnete sich selbst das Kreuzzeichen auf seine Stirn und murmelte: „Gott schütze dich, Simon, alles wird gut." Er konnte zwar nicht begreifen, warum seine Mutter ihn in dieser Situation alleingelassen hatte, aber das Abendritual gab ihm ein wenig Hoffnung und Halt.

Die Schwestern hatten bemerkt, dass Simon für verschiedene Hilfstätigkeiten herangezogen werden konnte, die sie selbst nicht gerne ausführten. Er war der Erste, der am Morgen aus seinem Bettenkerker gelassen wurde. Er musste dann die Nachttöpfe in der Latrine ausleeren; wenn sich ein Kind erbrochen hatte, musste er den Boden aufwischen. Die ganz kleinen Kinder bekamen einmal am Tag frische Windeln. Die meiste Zeit lagen sie aber in ihren Ausscheidungen und waren schon ganz wund. Simon musste die vollen Windeln aufsammeln, die von den Schwestern einfach auf den Boden geworfen wurden. Manchmal wurden besonders nasse Matratzen auf die Terrasse gebracht, auch dabei musste Simon helfen. Das war die einzige Gelegenheit, bei der er an die frische Luft kam. Diese Augenblicke genoss Simon. Er blinzelte in die Sonne und versuchte sich vorzustellen, in welcher Richtung sein Heimatort lag.

Aber nicht alle Schwestern waren gleich. Es gab eine junge Schwester, der offensichtlich das Leid der Kinder nicht gleichgültig war. Wenn sie alleine im Schlafsaal war, kam es vor, dass sie einem der Kinder über den kahlen Kopf strich und tröstend das Kinderlied „Schlaf, Kindlein, schlaf" summte, wohl wissend, dass sie bald alle auf ewig schlafen würden. Aber Kinder registrieren besonders in so entsetzlichen Situationen auch die wenigen Augenblicke der Zuneigung und für viele war diese Schwester so etwas wie ein guter Engel in dieser Hölle. Manchmal bemerkte Simon Tränen in ihren Augen, einmal hörte er sie flüstern: „Heilige Maria, hilf, ich halte das nicht mehr aus!" Aber niemand half. – Ihr nicht – und den Kindern schon gar nicht.

Als eines Tages der Anstaltsarzt wieder durch die Bettenreihen ging, um seine Todespunkte zu verteilen, blieb er auch vor Simons Bett stehen und sagte: „Der ist aber schon lange da!" Er stach mit seinem langen Zeigefinger in die Richtung von Simons Bettennummer, um der Schwester zu signalisieren, dort den gewissen Punkt anzubringen. Die Schwester erwiderte: „Die Nummer 388 hilft bei so manchen Tätigkeiten. Außerdem ist er stumm und kann sich nicht verständlich machen." Das könnte von Vorteil sein, denn es ließ sich nicht mehr verheimlichen, dass es an der Front für die deutsche Armee nicht mehr gut lief. So durfte Simon also in dieser Tötungsanstalt für „schwachsinnige und behinderte" Kinder noch weiterleben. „Unwertes" Leben also, ohne Lebensberechtigung.

Eines Tages kamen weder Schwestern noch Ärzte in den Schlafsaal. Die Fenster wurden nicht geöffnet, die Nachttöpfe nicht entleert und der übliche Grießbrei blieb auch aus, als die Sonne schon hoch am Himmel stand. Den ganzen Tag über kümmerte sich niemand um die Kinder, die eingenässt und hungrig in ihren Bettkäfigen lagen. Nur die junge Schwester betrat nach langer Wartezeit zögerlich den Schlafsaal. Sie öffnete Simons Bettgitter und sagte nur: „Hilf mir!" Es war fast gespenstisch ruhig an diesem Tag und die Kinder schienen zu spüren, dass etwas anders war als sonst. Diese Ahnung machte ihnen Angst, sie blickten mit großen, fragenden Augen zu Simon, den sie als eine Art Hilfsanker begriffen. Simon wusste natürlich auch nichts anzufangen mit dieser angespannten Situation.

Da flogen auch schon die Türen auf und sie kamen, die amerikanischen Soldaten, die sich gleich einmal ihre Taschentücher vor Mund und Nase hielten. Sie waren einiges gewöhnt – nicht aber diesen Gestank. Sie sprachen in einer fremden Sprache, die sich für die Kinder furchteinflößend anhörte, viele begannen in Panik zu schreien. Simon, der sehr empfängliche Sensoren für menschliche Mimik besaß, konnte in den Gesichtern der Soldaten blankes Entsetzen lesen. – Das war im Frühling 1945.

Das gesamte Personal des „Kinderheims" hatte vorsorglich die Flucht ergriffen, alle bis auf die junge Schwester, die bis zu diesem Zeitpunkt bei den Kindern geblieben war. Sie wurde sofort abgeführt und bei späteren Prozessen als eine der Schuldigen verurteilt. Bald aber wurde sie vorzeitig aus der Haft entlassen, weil sich herausstellte, dass sie die Einzige war, die im Rahmen ihrer Möglichkeiten für die Kinder gesorgt hatte. Die meisten anderen „Betreuer" kamen nicht ungeschoren davon. Sie hatten zwar vor ihrer überstürzten Flucht versucht, ihre Spuren zu verwischen, aber das war nur teilweise gelungen. Als man ihrer nach und nach habhaft wurde, zeigten sich die meisten bereit, auch die anderen Namen zu nennen, und im Laufe der Prozesse kam die ganze schreckliche Wahrheit ans Licht. Die Karteikarten der Kinder wurden durchleuchtet und die dort notierten Todesursachen hinterfragt. Angeblich waren viele Kinder an „Lungenentzündung" gestorben. In Wahrheit waren sie einfach verhungert oder durch Gift ermordet worden. Ein Medikament mit dem Namen Luminal wurde dabei in hohen Dosen verabreicht. Das war kostengünstig und wirkte angeblich schnell.

Von einigen dieser Tötungsanstalten war das eine oder andere grausame Detail nach außen gedrungen und es hatte sich Widerstand in der Bevölkerung geregt. Es war allerdings nicht ungefährlich, sich in dieser Angelegenheit kritisch zu äußern. Schnell konnte man selbst in ein ähnliches Lager eingewiesen werden. Daher getrauten sich nur wenige Bürger ihre Meinung öffentlich zu sagen. Allerdings wurde gegen Ende des Krieges die aussichtslose Lage der deutschen Truppen immer deutlicher. Das „Tausendjährige Reich" war an seinem Ende angelangt und daher versuchte man, manche Tötungsanstalten in aller Eile zu normalen „Erholungsheimen" umzugestalten. Das war allerdings nicht so einfach. Da gab es gemauerte

Verbrennungsöfen und Gaskammern und es gelang den Heimleitungen nicht, die Spuren des Grauens restlos zu verwischen. Als die genaueren Untersuchungen begannen, kam die schreckliche Wahrheit bald zu Tage.

Den Eltern, die nicht einmal wussten, wo ihre Kinder untergebracht worden waren, wurden irgendwann Todesnachrichten zugesandt, die in keiner Weise den Tatsachen entsprachen. Man fand mehrere Massengräber mit Kinderleichen und verkohlten Knochenresten in unmittelbarer Umgebung der Anstalt. Bei den anschließenden Exhumierungen konnte nachgewiesen werden, dass an vielen Kindern „medizinische" Experimente durchgeführt worden waren, was auch erfahrenen Ärzten das Entsetzen und das Wasser in die Augen trieb. Dem ärztlichen Leiter der Anstalt gelang allerdings die Flucht ins Ausland. Erst Jahrzehnte später, als er schon alt und gebrechlich war, konnte er verhaftet und zur Verantwortung gezogen werden. Aber kann ein Mensch für derart entsetzliche Verbrechen überhaupt die Verantwortung übernehmen?

Von dem Tag an, als die amerikanischen Soldaten das Kinderheim betreten hatten, änderte sich alles schnell. Rotkreuzschwestern wurden zur Betreuung der verbliebenen Kinder bestellt. Die Kinder wurden gebadet und bekamen saubere Kleidung. Reinigungsfrauen putzten die Räume, Matratzen und Bettwäsche wurden ersetzt. Ein Kinderarzt sorgte für angemessene Behandlung der Kinder, in der Küche wurden erstmals gesunde Nahrungsmittel verkocht. Und trotzdem: Manche Kinder waren nicht mehr zu retten. Sie verstarben an ihren Krankheiten, an Schwäche, an Durchfall und manche wohl auch an der ungewohnt reichhaltigen Kost, die ihre Mägen nicht mehr vertrugen.

Das Kinderheim wurde vorerst unter neuer Leitung weitergeführt, auch weil viele Kinder einen Transport in ihren Heimatort nicht überlebt hätten. Sie mussten ärztlich behandelt werden, um wieder zu Kräften zu kommen. Auch Simon wurde noch länger im Kinderheim behalten, weil sich herausstellte, dass er für viele Kinder eine wichtige Bezugsperson darstellte und den traumatisierten Kindern ein wenig Sicherheit vermittelte. Die Identität und das Elternhaus der Kinder wurden anhand der verbliebenen Karteikarten und Listen ausgeforscht, denn es war alles akribisch genau aufgezeichnet worden, als hätte man all die Tötungen als Erfolg verbuchen wollen. Dann begann man, die Kinder nach und nach wieder ihren Eltern zuzuführen.

Aber der Krieg hatte in den Familien oft alles verändert. Manche Väter waren gefallen oder in Kriegsgefangenschaft geraten, viele waren arbeitslos, weil die Fabriken zerbombt waren. Es gab auch viele, denen die Wohnung weggebombt worden war und die in mehr als dürftigen Notquartieren hausen mussten. Oft waren die Mütter mit ihren Kindern alleine zurückgeblieben und kämpften in dieser Notzeit mit den Schwierigkeiten des Alltags. Es gab nicht genügend Lebensmittel und jedes zusätzliche Kind war eine Belastung. Daher waren nicht alle Eltern an einer Rückkehr ihrer zum Teil schwer beeinträchtigten Kinder interessiert. Diese Kinder wurden nach Wien in ein Kinderheim für behinderte Kinder gebracht, viele blieben bis an ihr Lebensende in staatlicher Betreuung.

Besatzungszeit und Abschied von der Mutter

Dieser Krieg war, wie jeder andere vor und nach ihm, ein Verrat an der Vernunft und der Menschlichkeit. Er hat das Böse der Menschen ans Licht gebracht und die unvorstellbare Grausamkeit und Menschenverachtung gezeigt, zu der die Menschheit offenbar imstande war und ist. Am Ende hatten alle verloren – auch jene, die vermeintlich gesiegt hatten. Viele Soldaten und Zivilisten brachten die schrecklichen Bilder des Grauens nicht mehr aus ihren Köpfen.

Auch im Haus der Familie des Schmieds hatte der Krieg schwere und schmerzhafte Schneisen geschlagen. Franz, der älteste Sohn, war nicht mehr von der Front zurückgekommen, eines Tages kam die Todesnachricht in sein Elternhaus. Da war von seinem heldenhaften Einsatz für sein Vaterland die Rede. Ausgerechnet der Franz!, dachte der Schmied. Sein Erstgeborener, auf dem alle seine Hoffnungen gelegen hatten. Der Schmied begann seine Meinung über das Hitlerregime radikal zu ändern. Als einer seiner Wirtshauskumpane dem Schmied gegenüber, vermeintlich tröstend, bemerkte, dass der Franz sein Leben ja als Held für sein Vaterland gegeben habe, worauf er als Vater doch stolz sein könne, machte der Schmied das, was er immer tat, wenn ihm die Worte fehlten: Er ließ seine Fäuste sprechen.

Sein zweiter Sohn Erwin, der noch kurz vor Kriegsende einberufen worden war, geriet beim Rückzug seiner Kompanie in sowjetische Kriegsgefangenschaft und wurde nach Sibirien verschleppt. Schon allein den Transport in den Gefangenenzügen, die in ungeheizten Viehwaggons durchgeführt wurden, haben nur die Stärkeren überlebt. Lange Zeit wussten die Eltern nicht, ob Erwin überhaupt noch am Leben war – er galt als vermisst. Dann traf doch eine Feldpostkarte ein und ließ eine vage Hoffnung auf seine Rückkehr aufleben. Nach zwei Jahren kam Erwin wirklich wieder nach Hause, aber er war nicht mehr derselbe wie zuvor. Abgemagert und hinkend kam er in seinem Elternhaus an. Er verkroch sich tagelang in seinem Bett und wirkte verwirrt und zittrig. Nichts als ein Häufchen Elend war von dem starken Burschen übrig geblieben. An seinem rechten Fuß waren alle Zehen abgefroren und das bereitete ihm arge Schmerzen. Die Erfrierungen waren unbehandelt geblieben und es war längere Zeit nicht sicher, ob nicht der ganze Fuß amputiert werden musste. Das konnte letztendlich verhindert werden, nachdem die verletzten Zehen gerade noch rechtzeitig im Krankenhaus entfernt worden waren. Der verletzte Fuß behinderte ihn aber weiterhin erheblich. Als Erwin wieder einigermaßen zu Kräften gekommen war, unterstützte er seinen Vater in der Schmiedewerkstatt und es hatte den Anschein, als könnte der Sohn seinem Vater nachfolgen.

Die Töchter Berta und Franziska hatten sich bald nach Kriegsende verheiratet, nur die Jüngste, Magdalena, lebte noch im Elternhaus. Berta hatte einen Landwirt geheiratet, Franziska war mit einem Tischler verheiratet, der im Nachbardorf die Tischlerei seines Vaters übernommen hatte. Es mangelte an Aufträgen, denn die finanziellen Mittel der Kunden waren sehr beschränkt. Die Nachkriegszeit war eine Zeit des Mangels und der Knappheit. Und das Hauptgeschäft in der Tischlerei war die Anfertigung von Särgen, denn gestorben wurde auch nach dem Krieg. Viele Menschen litten an Mangelerscheinungen, besonders die Kindersterblichkeit war hoch. Die Lebensmittelpakete aus Amerika waren für viele überlebensnotwendig, denn Lebensmittel gab es nur auf Bezugskarten – und das auch nur, solange der Vorrat reichte.

Simons Rückkehr wurde von der Leitung des Kinderheims schriftlich angekündigt. Die Mutter war überglücklich, als sie ihren Sohn wieder in die Arme schließen konnte. Das war noch während der

Zeit, als man von Erwin keine Nachricht hatte. Der Vater war verbittert und haderte mit dem Schicksal. Die Mutter aber war krank geworden vor Sorge um ihre Söhne. Sie hatte nicht mehr auf ein Wiedersehen mit ihrem Jüngsten gehofft. Simon erkannte seine Mutter kaum. Sie war abgemagert und schien um Jahrzehnte gealtert. Die Mutter wurde von ihrer Tochter Magdalena gestützt, denn sie war fast blind. Die Leute sagten, sie habe sich die „Augen ausgeweint" vor lauter Kummer.

In der Werkstatt kehrte nach und nach der Alltag ein. Der Geselle Karl war allerdings nicht mehr in seiner Heimatgemeinde aufgetaucht und man munkelte, dass er während des Krieges zu den Russen übergelaufen und als Übersetzer tätig sei. Seine Verwandten bekamen nach einigen Jahren Post von ihm mit einer Fotografie, die ihn mit seiner russischen Frau und seinen beiden Kindern zeigte. Der Geselle Michael und der Lehrbub Hans hatten überlebt und waren bereits wieder in der Schmiede tätig. In der Zeit, in der Erwin noch in Gefangenschaft war, hatte auch Simon versucht, den Vater in der Werkstatt zu unterstützen, aber er war keine besondere Hilfe. Immer noch scheute er das Feuer und den Lärm in der Schmiede, der Vater konnte ihn, wie erwartet, deshalb nur bedingt einsetzen. „Die Schmiede ist nix für den Simon, wir müssen etwas anderes für ihn finden", meinte der Schmied und damit hatte er wohl recht.

Magdalena war eine große Hilfe für die Mutter, die ohne ihre Unterstützung den Haushalt nicht mehr bewältigen konnte. Ihr Augenlicht wurde immer schwächer und ihr Gesundheitszustand verschlechterte sich zusehends. Bald wurde sie bettlägerig und war nun ganz auf die Pflege von Magdalena angewiesen. Aber auch Simon kümmerte sich rührend um seine Mutter, die in seinem bisherigen Leben die einzige Vertraute gewesen war und auch der einzige Mensch, mit dem er wirklich gesprochen hatte. Stundenlang saß er an ihrem Krankenbett und erzählte ihr von den Ameisen, von den Käfern und Bienen und wie wunderbar die Natur alles geregelt habe. Da lag die Mutter mit geschlossenen Augen ganz ruhig in ihrem Bett und Simon schien es, als könnte er durch ihre geschlossenen Augenlider ihr Leben nachvollziehen, weit zurück bis in ihre Kinderzeit. Ein Leben geprägt von Arbeit, Demütigung und Unterdrückung, aber auch von Freude über ihre Kinder, für die sie immer alles gegeben hatte. Simon spürte, dass seine Mutter in den nächsten Stunden sterben würde. Er zeichnete ihr ein Kreuzzeichen auf die Stirn und murmelte: „Mutter, Gott schütze dich! Alles wird gut!" Als sie in die Ewigkeit zurückging, hielt Simon ihre Hand und er fühlte mehr als jeder andere, wie friedlich und wunderbar diese neue Welt für sie war.

Die Mutter wurde in der oberen Stube aufgebahrt und Simon hielt in der Nacht die Totenwache. Die Gegenwart ihres leblosen Körpers war für ihn eine Gelegenheit, sich von ihr zu verabschieden und ihr dafür zu danken, dass sie immer an ihn geglaubt hatte, wo doch die meisten Menschen ihn schon abgeschrieben hatten oder ihm gar die Lebensberechtigung abgesprochen hatten. Als drei Tage später das Begräbnis stattfand, priesen die Leute die „Schmiedin" als eine sehr fleißige Frau und eine gute Mutter, die es allerdings mit ihrem Mann nicht leicht gehabt habe. Magdalena trauerte sehr um ihre Mutter, die ihr mehr als alle anderen Menschen bedeutet hatte. Von ihren Geschwistern standen ihr Simon und ihre Schwester Franziska am nächsten. Als die Menschen an der Trauerfamilie vorbeizogen, um ihr Beileid auszudrücken, schaffte es Simon sogar, allen die Hand zu reichen, obwohl jegliche Berührung von fremden Menschen für ihn unangenehm war. Aber er erkannte, dass er imstande war, diese Blockade mit Willensstärke zu überwinden. Auch bedankte er sich mit einem deutlichen „Danke“ für die Beileidswünsche. Dadurch erfuhren die Leute, dass Simon nicht wirklich stumm war. Er stand mit versteinerter Miene am Grab seiner Mutter. Seine Trauer und sein Schmerz hatten sich so unendlich tief in seine Seele eingegraben, dass er es nicht ertragen hätte, diesen Moment bewusst zu erleben. Er träumte sich in eine andere Welt, die Realität war zu grausam. Auch in dieser Situation hatte Simon keine einzige Träne, die eventuell ein Ventil für seine Trauer gewesen wäre. Die Leute aber fassten sein Verhalten als Hartherzigkeit auf.

Simon war durchaus fähig zu sprechen, er sprach aber nur mit vertrauten Personen, wie seine Mutter eine gewesen war, und mit seinen beiden Schwestern, die genügend Geduld aufbrachten, ihm zuzuhören. Denn er artikulierte etwas schleppend und machte längere Pausen, als ob er für die nächsten Worte wieder Kräfte sammeln müsste. Das hörte sich für Außenstehende ziemlich seltsam an, und manche dachten noch immer, dass er nicht ganz richtig im Kopf sei.

Untertags wurden die Abläufe im Haushalt des Schmieds bald wieder zur Routine, aber die Nächte waren eine richtige Qual für Simon – schreckliche Träume peinigten ihn fast jede Nacht. Er träumte immer wieder, dass der Leiter des Kinderheims und die ihn begleitenden Schwestern die Leiber von riesigen Ameisen mit menschlichen Köpfen hatten. In seinen Träumen gingen sie von Bett zu Bett und der Anstaltsarzt zeigte mit seinem langen Zeigefinger auf einzelne Kinder – das Todesurteil. Wenn Simon nach solchen Albträumen zitternd erwachte, konnte er sich kaum in der Realität zurechtfinden und stolperte wie ein Schlafwandler durch die ersten Stunden des Tages. Er hätte wohl psychologische Betreuung gebraucht, um diese Traumatisierung zu verarbeiten, aber damals mussten die

Menschen allein mit ihren schrecklichen Erlebnissen fertigwerden. Nach der Zeit im Kinderheim musste Simon seine unterbrochene Schulpflicht zu Ende bringen. Eine neue Lehrerin war mittlerweile angestellt worden, die geduldig und einfühlsam auf ihn und seine Eigenheiten reagierte, obwohl der Begriff „Autismus“ noch gar nicht allgemein bekannt war. Simon verblüffte seine Lehrerin mit durchaus ausgereiften und logischen Antworten und sie gab ihm die Gelegenheit, sich weiterhin positiv zu entwickeln. Als das Schuljahr zu Ende war, bekam Simon von ihr zwei dicke Bücher geschenkt. Das erste Buch war eine Sammlung von „Grimms und Andersens Märchen“ und das zweite Buch „Götter- und Heldensagen“. Noch nie hatte Simon so viel Freude mit einem Geschenk gehabt, er bewahrte diese beiden Bücher wie einen Schatz auf.

In den Arbeitsabläufen der Schmiede änderte sich mittlerweile einiges. Die Motorisierung kam auch in entlegene Dörfer – so auch nach Breitenberg. Vereinzelt gab es Motorräder und sogar Automobile. Reichere Bauern schafften sich die ersten Traktoren an. Weil auch an diesen manchmal etwas kaputtging, wandte man sich an Erwin, den jungen Schmied, der offenbar ein gutes Gespür für die neuen technischen Gerätschaften besaß. Er hatte ein ausgeprägtes technisches Talent, brachte sich viele Dinge selbst bei und wurde bald ein kompetenter Ansprechpartner in Sachen Motorisierung. Der Vater verrichtete weiter die traditionellen Tätigkeiten, die in der Schmiede natürlich immer noch anfielen. Auch die von ihm so begeistert angefertigten Kunstschmiedearbeiten wurden nun vereinzelt wieder verlangt. Erwin sah sich veranlasst, für die Automobile einen eigenen Bereich in der Schmiede einzurichten. Er ließ eine Montagegrube ausheben, die es ihm gestattete, auch unter die Fahrzeuge zu klettern und mithilfe einer starken Lampe die Unterseite der Fahrzeuge zu untersuchen und zu reparieren. Auf diese Weise arbeiteten Vater und Sohn Hand in Hand und es entstand ein gutes Arbeitsverhältnis zwischen den beiden.

Im nahen Kloster hatten der Krieg und die Regentschaft der Nationalsozialisten schwere Schäden angerichtet. Nicht nur dass viele der seit Langem gehegten sakralen Klosterschätze sowie alte, wertvolle Bücher und Gemälde nicht mehr vorhanden waren, man hatte auch menschliche Verluste zu beklagen. Zwei der jungen Patres waren nicht mehr aus dem Krieg zurückgekehrt und ein Pater war psychisch derart beeinträchtigt, dass er zu keinem vernünftigen Gedanken mehr fähig war. Er brachte die verheerenden Eindrücke, die er aus den Kriegshandlungen mitgenommen hatte, offenbar nicht mehr aus seinem Kopf und litt an schweren Depressionen und massiven Schlafstörungen. Er konnte keinen Moment alleingelassen werden, denn er sprach davon, nicht mehr leben zu wollen. Einer der Mönche, Pater Bernhard, der zwar ebenfalls eingezogen worden war, hatte immer schon die Gabe gehabt, auch auf bedrückende Ereignisse mit Humor zu reagieren. Er hatte mit seinen „hinterwitzigen" Bemerkungen schon so manche Situation entschärft und relativiert. Seine meist sarkastischen Statements waren einerseits beliebt, andererseits gefürchtet. Sie führten jedoch fast immer zu der nachträglichen Erkenntnis, dass man die Dinge auch von einer anderen Seite betrachten kann und dass die Menschen sich selbst nicht so wichtig nehmen sollten. Es dauerte mitunter mehrere Sekunden, bis die zum Teil verknöcherten Hirnwindungen mancher seiner Mitbrüder so durchlässig und geschmeidig wurden, um die Pointe zu durchschauen; bei manchen klappte das allerdings nie. Humor ist nicht erlernbar. Pater Bernhard hätte seinem psychisch kranken Mitbruder, der es nicht schaffte, seine schrecklichen Erlebnisse zu sortieren und zu verarbeiten, gerne aus seiner tiefen Seelennot herausgeholfen. – Aber auch er vermochte es nicht. Man fand den jungen Pater eines Tages erhängt am Dachboden des Klosters. Sein Abschiedsbrief klang verworren und verzweifelt. Er beklagte bitterlich, dass sein Gott ihn in seiner tiefsten Not im Stich gelassen habe, obwohl er doch sein gesamtes Leben ihm – also Gott – gewidmet habe. Der Abt verwahrte diesen Brief in einem verschlossenen Fach seines Schreibtisches und ließ ihn seine Mitbrüder nicht lesen. Die Verzweiflung dieses jungen Paters hätte womöglich auch noch andere in die Tiefe gerissen. Jetzt waren Tatkraft und Energie vonnöten, für lähmende und verzweifelnde Anschauungen war momentan nicht die Zeit.

Der Abt war zwar am Leben geblieben und bemühte sich um die Aufrechterhaltung der klösterlichen Ordnung, aber seine Schussverletzung kostete ihn unendlich viel Kraft. Die Nationalsozialisten, hatten nicht nur geraubt und gestohlen, sie hatten auch am Gebäude und in den Gärten erheblichen Schaden angerichtet. Nicht einmal den Friedhof hatten sie verschont. Sämtliche Grabkreuze waren aus ihrer Verankerung gerissen worden. Der erbärmliche Zustand des Friedhofs schmerzte den Abt besonders, hatte er doch immer großen Wert auf ein ehrwürdiges Andenken für seine verstorbenen Mitbrüder gelegt. Er beauftragte den Schmied, zu retten, was zu retten war, und der tat das auch in seiner fachkundigen Arbeitsweise.

Langsam normalisierte sich die Lebenssituation der Menschen. Mit viel Fleiß und Ausdauer konnten so einige materielle Kriegsschäden bewältigt werden. Die psychischen Schäden blieben noch lange in den Köpfen. Allerdings war keine Zeit, um in der Vergangenheit zu stöbern – man musste den Alltag bewältigen. Auf dem Land gab es keine so gravierenden Versorgungsnöte wie in den Städten, weil die Menschen auf die Möglichkeiten zurückgreifen konnten, die Grund und Boden hergaben. Abgesehen davon herrschten an allen

Ecken und Enden Mangel und Not. Erfindungsreichtum und Improvisationstalent waren gefragt, denn „Not macht bekanntlich erfinderisch".

Magdalena blieb auch nach dem Tod der Mutter im Haushalt ihres Vaters und hatte sich durch ihre ruhige und bestimmte Art seinen Respekt erworben. Der Schmied wusste, dass er auf ihre Hilfe angewiesen war, und machte sich Sorgen, wie es weitergehen könnte, wenn auch Magdalena ihr Elternhaus verlassen würde. Aber Magdalena ließ sich Zeit mit dem Heiraten, hatte sie doch am Beispiel ihrer Mutter erleben müssen, dass der Ehestand für viele Frauen nicht unbedingt angenehm war. Sie wollte sich ihren zukünftigen Mann schon sehr genau anschauen und der Zufall spielte wieder einmal Schicksal. Sie lernte einen gar nicht mehr ganz jungen Mann kennen, der die Schmiede aufsuchte, weil sein Dienstmotorrad eine Überprüfung nötig hatte. Er hieß Manfred und war im Zuge der Personaländerungen auf dem Gendarmerieposten als neuer Kommandant eingesetzt worden. Er hatte vor dem Krieg bereits eine Braut gehabt, die ihm aber im Laufe der Kriegswirren abhandengekommen war. Einer seiner damaligen Kollegen hatte den Platz an ihrer Seite eingenommen und Manfred musste eine herbe Enttäuschung hinnehmen, die ihn lange Zeit daran hinderte, sich wieder um eine Partnerin umzusehen. So war es ihm ganz recht, dass er den Dienstort wechseln musste, denn er wollte ganz von vorne beginnen. Mit der ruhigen und gütigen Magdalena konnte er sich eine gemeinsame Zukunft sehr gut vorstellen. Als Postenkommandant stand ihm im Gebäude der Gendarmerie eine geräumige Dienstwohnung zur Verfügung und nach einem halben Jahr des Kennenlernens wurden Heiratspläne geschmiedet.

Magdalena wollte ihren Vater aber nicht im Stich lassen. Erst als klar war, dass auch ihr Bruder Erwin eine tüchtige Partnerin gefunden hatte, wurde eine Doppelhochzeit gefeiert. Erwin und seine Frau Sabine richteten sich im Schmiedehaus gemütlich ein. Der alte Schmied zog sich in ein Zimmer zurück. Mehr brauche er nicht, betonte er oft. In seinen späten Jahren bereute er seine ungestüme und teilweise brutale Art, die seine Jugend geprägt und seiner Frau und den Kindern das Leben schwer gemacht hatte.

Die Ameisen

Was allerdings mit Simon geschehen sollte, bereitete dem Schmied einiges Kopfzerbrechen. Er hatte zwar eingesehen, dass sein jüngster Sohn weder schwachsinnig noch stumm war, aber Simon war im häuslichen Betrieb nicht einsetzbar. Er verdrückte sich in die letzten Winkel der Schmiede, wenn es wieder einmal recht laut zuging – und wann war es schon leise in einer Schmiede?

Simon hatte sich wieder in seine Naturbeobachtungen vertieft und suchte, sooft es ihm möglich war, „sein" Ameisenvolk am Waldrand auf. Die Ameisen hatten alle Unbilden des Krieges unbeschadet und unbeeindruckt überstanden. Für sie hatte sich rein gar nichts geändert. Sie lebten in ihrer eigenen kleinen Welt, und die war in Ordnung. Simon hätte zu gerne gewusst, was in ihren winzigen Gehirnen vor sich ging. Waren sie nicht viel weiser als die gesamte Menschheit, die seit ihrem Bestehen an ihrer eigenen Zerstörung arbeitet? Unbeeindruckt von allen Veränderungen gingen die Ameisen ihren immer gleichen Verrichtungen nach, die eine unbekannte Hand zu leiten schien. Sie wussten alle, was sie zu tun hatten, und ließen sich durch nichts davon abhalten. Ihre Wege waren vorbestimmt und geordnet seit Millionen von Jahren.

Aber für Simon musste jetzt ein Broterwerb gefunden werden, denn irgendwann würde auch er für sich selbst sorgen müssen. Da machte seine Schwester Franziska den Vorschlag, dass Simon eventuell in der Tischlerei ihres Mannes mitarbeiten könne, denn hier wurde noch vieles von Hand hergestellt. Einen Versuch wäre es allemal wert. So kam Simon also zu seinem Schwager in die Tischlerei. Herbert, so hieß sein nunmehriger Dienstherr, war ein ruhiger und geduldiger Mensch, der seinen Beruf sehr liebte und das Arbeiten mit Holz genoss. Bald gelang es ihm, Simon mit dieser Begeisterung anzustecken, und schon nach einer kurzen Einschulungszeit konnte

Simon die verschiedenen Holzarten geradezu blind unterscheiden. Um welches Holz es sich handelte, konnte Simon genau fühlen und riechen, denn seine Sinne waren von jeher sehr aufnahmebereit und sensibel. Herbert hatte bisher meistens alleine gearbeitet und konnte daher eine helfende Hand sehr gut gebrauchen, weil sich die Auftragslage nach und nach verbesserte. Die Menschen wollten wieder neue Möbel, Holzböden, Fenster und Holzstiegen anschaffen und die Tischlerei Maier hatte den Ruf, genau und preiswert zu arbeiten. Simon wurde als Lehrling eingestuft und konnte sich eine Zukunft in diesem Beruf gut vorstellen. Den Umgang mit Maschinen scheute er zwar nach wie vor, aber durch die geduldige und ruhige Anleitung seines Meisters gab es auch in diesem Bereich Fortschritte.

Simon, der nun im Haushalt seiner Schwester wohnte, hatte sich bald gut eingelebt. Das erste Mal in seinem Leben hatte er ein Zimmer für sich allein. Hierher konnte er sich nach Feierabend zurückziehen, wenn er der Ruhe und Stille bedurfte. Besonders genoss er es, in seinen beiden Büchern zu lesen. Er konnte bald die meisten Erzählungen auswendig. Unter Anleitung seines Meisters fertigte Simon ein kleines Bücherregal an, auf dem er seine beiden Bücher wie zwei Heiligtümer aufstellte. Ansonsten besaß Simon nicht viel, aber er hielt bei all seinen Sachen eine peinliche Ordnung ein, die niemand verändern durfte. Wenn das doch einmal geschah, wurde er nervös und seltsam unruhig, bis die alte Ordnung wiederhergestellt war.

Zum Besitz der Familie gehörte auch ein angrenzendes Waldstück, das für Simons Naturbeobachtungen geradezu ideal war. Fast seine gesamte Freizeit verbrachte er in diesem Wald. Er kannte bald jeden Baum, natürlich fanden sich auch wieder mehrere große Ameisenhügel für seine Lieblingsbeschäftigung. Aber Simon liebte nicht nur die Tiere. Er beschäftigte sich auch sehr gerne mit Franziskas Kindern. Die beiden Mädchen waren mittlerweile drei und fünf Jahre alt geworden. Oft nahm Simon sie mit in „seinen" Wald und zeigte ihnen die Wunder, die sich dort täglich ereigneten. „Onkel Simon" war bei den beiden Mädchen sehr beliebt. Er wurde nie ungeduldig und las ihnen gern aus seinen beiden Büchern vor.

Im geräumigen Wohnhaus waren einige Zimmer das ganze Jahr über unbenützt. Da hatte die erfindungsreiche Franziska eine Idee. Sie richtete zwei Fremdenzimmer ein, denn sie hatte erfahren, dass beim Ortbacherwirt manchmal auswärtige Gäste übernachteten, manche aus geschäftlichen Gründen, aber es kamen auch Urlauber aus der Stadt, die in der Gegend wandern wollten und Ruhe suchten. Und Ruhe hatten sie genügend anzubieten – mehr als der Wirt im Ort, denn dort ging es am Abend manchmal recht turbulent zu. Die Gästezimmer waren hell und freundlich, eines hatte sogar einen kleinen Balkon. In jedem Zimmer installierte Herbert ein Waschbecken – das Klosett war allerdings am Gang untergebracht, das war damals noch durchaus üblich. Franziska nähte neue Vorhänge und Herbert sorgte für entsprechende Möbel, die zum Teil bereits vorhanden waren und nur aufpoliert werden mussten. Es dauerte nicht lange, und die ersten Gäste hatten von der „Pension Maier" erfahren. Zuerst war es eine sympathische Familie aus Wien mit zwei Kindern, die sich für zwei Wochen im Haus des Tischlers einquartierte. Franziska sorgte für ein reichhaltiges Frühstück, und Herbert zeichnete Wanderpläne für seine Gäste, damit sie sich in der Gegend nicht verirren konnten. Simon führte die Familie durch die nahen Wälder. Die Gäste sammelten Pilze und pflückten Beeren. Die Kinder waren selig und freundeten sich bald mit den Tischlerkindern an, die ihnen wiederum die Besonderheiten des Landlebens zeigten. Junge Kätzchen, Hühner und Hasen waren neu für die Stadtkinder.

Bald funktionierte die Mundpropaganda und die Zahl der Gäste nahm zu. Unter ihnen war auch ein gewisser Herr Novak aus Wien. Er reiste mit seinem eigenen Auto, einem schwarzen Opel, an und führte außergewöhnlich viel Gepäck mit sich. Er war offenbar Junggeselle und kam immer mit seiner kompletten Fotoausrüstung, mit der er manchmal schon in aller Frühe auf „Jagd" ging, wie er sich ausdrückte. Wenn er von seinen Jagdzügen zurückkam, verwandelte er sein Zimmer mithilfe von dunklen Decken in eine provisorische Dunkelkammer. Simon durfte manches Mal zusehen, wie aus den unscheinbaren Negativen richtige Fotografien wurden. Herr Novak spannte eine Wäscheleine quer durch das Zimmer, auf der er die nassen Bilder zum Trocknen aufhängte. Eine faszinierende Verwandlung, als würde eine Raupe sich verpuppen und letztendlich ein Schmetterling herausschlüpfen. Dafür brauchte Herr Novak allerlei Schüsselchen und Chemikalien, die er aus Wien mitgebracht hatte. Dieser Vorgang faszinierte Simon ganz außerordentlich.

Weil Herr Novak seine Fotoausrüstung über viele Stunden lang mit sich trug, was durchaus anstrengend sein konnte, ersuchte er Simon eines Tages, ihm beim Tragen zu helfen. Das war ein aufregendes Abenteuer für Simon, denn Herr Novak zeigte ihm die verschiedensten Bildausschnitte, die ein Fotoapparat aus der Landschaft hervorhob. Diese Fokussierung kam Simon sehr entgegen, denn er war mit der Gesamtheit von Eindrücken ohnehin oft überfordert. So freute sich Simon schon wieder auf den nächsten Besuch des Herrn Novak, der ihn für den kommenden Herbst versprochen hatte.

In diesem Herbst setzte der Schneefall besonders früh ein, Herr Novak war begeistert. Er konnte gar nicht genug bekommen von den verschiedenen Lichtspielen, die die Schneedecke in eine Kristallzauberwelt verwandelten. Weil aber das Schneestapfen mit der ganzen Ausrüstung recht anstrengend war, ersuchte er den Tischler, Simon für den Rest seines Aufenthalts freizugeben, damit er einen Träger zur Verfügung hätte. In Wirklichkeit war Simon für den Fotografen aber mehr als ein Träger, denn dieser hatte einen Blick für die besonderen Momente und Motive. Gemeinsam suchten sie nach dem „Schuss des Tages", wie Herr Novak sich ausdrückte.

Hauptsächlich bildete Herr Novak die Landschaft ab. Dazu stiegen sie manchmal auf die nahen Berge, aber nie zu hoch, denn Herr Novak war ein „Flachländer" und hatte großen Respekt vor der Höhe. Wenn sich die Gelegenheit ergab, fotografierten sie auch Wildtiere; um die Tiere aufzustöbern, war Simon ein wertvoller Assistent. Die Ameisen hätte Simon gerne fotografisch eingefangen, aber die befanden sich jetzt im Winterschlaf, und eine dicke Schneedecke bedeckte ihre Welt.

Die Bilderjagd begeisterte Simon. Als Herr Novak andeutete, dass Simon wohl ein guter Fotograf werden könne, war Simon von diesem Gedanken nicht mehr wegzubringen. Er wollte Fotograf werden. Dafür würde er alles tun! Das war seine Bestimmung, sein Traum. Aber Herr Novak verlangte, dass Simon vorerst die Tischlerlehre abschloss, denn Tischler sei ein krisensicherer Beruf. Im Frühjahr werde man weitersehen. Simon bemühte sich jetzt umso mehr, sein Gesellenstück perfekt herzustellen. Er hatte sich für eine zierliche Kommode aus Buchenholz mit drei Schubladen und Einlegearbeiten auf der Oberseite entschieden. Damit hatte er es sich gar nicht so einfach gemacht, aber das Möbelstück gelang ihm im zweiten Versuch recht gut. Sein Meister war überrascht und sehr zufrieden. Nun war Simons Lehrzeit zu Ende und er war frei für seinen Traumberuf!

Wien

Simon hatte dem Herrn Novak in einem Brief das Ende seiner Tischlerlehre mitgeteilt. Dieser antwortete sehr erfreut, denn sein bisheriger Assistent hatte sich in der Zwischenzeit aus dem Staub gemacht und Herr Novak brauchte nun auch in Wien dringend Unterstützung. Bei seinem nächsten Aufenthalt in der „Pension Maier“ sollte Simon seinen Aufbruch vorbereiten, denn dann würde er ihn mit nach Wien nehmen, wenn das auch weiterhin sein Wunsch sei. Und ob er das wollte!

Der neue Lebensabschnitt führte Simon in eine komplett andere Welt. Der Abschied von seinen Geschwistern war aber doch von einigen Emotionen begleitet, was bei Simons Mimik allerdings wieder eher „unsichtbar“ blieb. Zum Vater hatte Simon nach wie vor kaum Kontakt, und das war auch gut so. Die Reise nach Wien war für Simon etwas Besonderes. Als sich die Landschaft allmählich in eine Stadt verwandelte, hatten seine Augen mehr zu tun, als sie bewusst aufnehmen konnten. Die hohen Häuserzeilen, die vielen Autos, Straßenbahnen und Fußgänger waren ganz neu für Simon, der bisher nur das Landleben kannte. Allerdings waren noch etliche Kriegsschäden zu sehen, die Straßen jedoch bereits von Schutt befreit und die Menschen arbeiteten eifrig an der Beseitigung der Wunden, die die Bomben geschlagen hatten.

In Wien waren die Kriegsschäden weitaus präsenter als am Land. Auch waren die unterschiedlichen Besatzungszonen ein bedeutendes Faktum in den Lebenssituationen der Menschen. Herr Novak und seine Verwandten lebten in der amerikanischen Zone. Das Wohnhaus war, abgesehen von einigen zersplitterten Fensterscheiben, von den Bomben verschont geblieben. Er wohnte in einem stattlichen Eckhaus in der Burggasse im 7. Bezirk, gemeinsam mit seiner Mutter und seinem Bruder Jan. Dieses Haus hatte eine sehr bewegte Vorgeschichte. Es wurde noch in der Zeit Kaiser Franz Josefs von einem wohlhabenden jüdischen Tuchhändler als Wohnhaus für seine Familie erbaut. Als 1938 die Situation für Juden in Wien gefährlich wurde, hatten die Besitzer des Hauses die Flucht ergriffen. Das war gar nicht so einfach, denn die Behörden ließen sich die Ausreisebewilligungen und die nötigen Visa teuer bezahlen. Als die jüdische Familie schlussendlich über Italien und Spanien nach Amerika ausreisen konnte, wurde das Haus „arisiert" – das bedeutete, dass ein hoher deutscher Major das Haus zu seinem Eigentum machte und nur einen imaginären Preis dafür zu zahlen hatte. Die Etage im Erdgeschoß wurde an die Familie Novak vermietet, die schon in Brünn eine gutgehende Fleischerei betrieben hatte und mit ihren Söhnen Jan, Karel und dem Jüngsten Micha nach Wien übersiedelt war. Als der Krieg zu Ende und das „Deutsche Reich" zerbrochen war, wurde klar, dass Kriegsverbrecher verfolgt und zur Verantwortung gezogen würden. Da zogen es der Major und seine Familie vor, das Land auf schnellstem Wege zu verlassen.

In Wien war die Nachkriegszeit von wirtschaftlicher Not und zerbombten Gebäuden geprägt. Viele Wohnhäuser und auch manche Prunkgebäude waren schwerstens beschädigt, von vielen war nur mehr ein Schutthaufen übrig geblieben. Besonders schmerzhaft für die Bevölkerung waren die Schäden am Stephansdom und an der Staatsoper. Mit diesen Gebäuden identifizierten sich die Wiener und Wienerinnen, auch wenn sie diese Stätten kaum persönlich aufgesucht hatten. Von der Oper stand nur mehr die Prunkstiege, sodass man ernsthaft überlegte, ihren Standort überhaupt zu ändern und sie anderswo wieder aufzubauen. Aber die Leute wollten „ihre" Oper wiederherstellen, und zwar auf ihrem angestammten Platz an der Ringstraße. Viele Menschen, besonders die Frauen, haben den Wiederaufbau mit den einfachsten Mitteln nach und nach bewerkstelligt. Sie klopften die Mörtelreste von noch brauchbaren Ziegeln, sodass diese wiederverwendet werden konnten. Die sogenannten „Trümmerfrauen" haben Unglaubliches geleistet.

Der Familie Novak wurde nun die Gelegenheit geboten, das Haus zu erwerben, dessen Untergeschoß sie bisher zur Miete benützt hatten. Die Eltern konnten es damals relativ günstig erwerben. Mittlerweile war der Vater verstorben. Die Mutter lebte im ersten Stock in einer eleganten Wohnung, denn das hochwertige Mobiliar hatten die jeweiligen Vorbesitzer zurücklassen müssen. Im gleichen Stock neben der Frau Novak wohnten Herr und Frau Professor Herlach, die aber kaum Kontakt zu den anderen Hausbewohnern hatten. Jan, der Bruder des Herrn Novak, führte den Fleischereibetrieb im Sinne seiner Eltern weiter. Er war verheiratet und hatte zwei Söhne. Seine Familie wohnte ebenfalls in dem weitläufigen Gebäude. Auf der anderen Seite des Hauses, das einen eigenen Eingang und ein eigenes Stiegenhaus besaß, hatte Herr Novak sein Fotoatelier und seine ebenfalls geräumige Wohnung. Die beiden Haushälften waren komplett unabhängig voneinander und nur durch den gemeinsamen Innenhof wechselseitig zu betreten. Über den jüngsten Sohn Micha wurde in der Familie nicht gesprochen. Warum das so war, hat Simon erst zu einem späteren Zeitpunkt erfahren.

Im Mezzanin befand sich die Hausmeisterwohnung der Familie Beran, deren erwachsene Kinder bereits ausgezogen waren. Die Eltern von Herrn Beran und seiner Frau waren in ihren Jugendjahren als Arbeiter nach Wien gekommen. Vorerst hatten sie in einer desolaten Barackensiedlung gehaust, die es an den Rändern der Großstadt häufig gab. Die sogenannten „Ziegelbehm" hatten ein schweres Los. Sie waren als billige Arbeitskräfte in den Ziegelwerken und bei der Errichtung von großbürgerlichen Palais tätig gewesen.

Sie hatten Schwerstarbeit zu leisten – maschinelle Unterstützung gab es kaum. Da war es für die Familie Beran ein Glücksfall, dass ihr Sohn die Hausmeisterstelle in der Burggasse übernehmen konnte. Herr Beran kümmerte sich um die „äußeren Angelegenheiten" des Hauses, wie die Reinigung des Hofes und des Gehsteigs, und wenn eine Reparatur anfiel, erwies sich Herr Beran als geschickter Universalkönner. Er arbeitete auch in der Fleischhauerei mit, denn hier gab es oft körperlich anstrengende Arbeiten zu verrichten, die der Lehrbub Fritz nicht alleine bewältigen konnte. Frau Beran, sie wurde von allen nur „Frau Milla" genannt, war neben den innerhäuslichen Reinigungsarbeiten, wie der Reinigung des Stiegenhauses und der Pflege der zahlreichen Fenster, auch als Haushälterin bei Herrn Novak angestellt, der ja nicht verheiratet war und in einer ziemlichen Schlamperei hätte leben müssen, wäre nicht die Frau Milla gewesen, um nach dem Rechten zu sehen. Dabei führte sie ein durchaus gestrenges Regiment und duldete keinerlei Widersprüche bei ihren zahlreichen Anordnungen. So mussten die Schuhe im Vorzimmer ausgezogen, Mäntel und Jacken ordentlich auf den Garderobenständer gehängt, die Zigarettenasche gefälligst in den zahlreichen in der Wohnung aufgestellten Aschenbechern abgestreift, benutztes Geschirr in die Abwasch gestellt werden ... und, und, und. Herr Novak hielt sich meistens an diese Vorschriften und legte das auch dem Simon ans Herz, denn die nicht endenden Schimpfselbstgespräche der Frau Milla waren ihm unangenehm. Allerdings gab es ein „Familienmitglied", das sich nicht an Frau Millas Vorschriften hielt und daher von ihr mit Argwohn und Ablehnung bedacht wurde, was auf heftiger Gegenseitigkeit beruhte, der kohlrabenschwarze Kater „Mephisto". Der tat, was er wollte, und setzte sich über sämtliche Anordnungen der Frau Milla locker hinweg. Er sprang auf die Anrichte im Speisezimmer, stahl Leckerbissen vom Esstisch, kratzte an den Möbeln und versteckte sich in den Federbetten. Niemand konnte ihm seine Ungezogenheiten abgewöhnen – nicht einmal Frau Milla, die bei ihren Erziehungsversuchen auch schon einmal den Besen oder einen Ausreibefetzen zu Hilfe nahm. „Du scheißliches Mistviech – wenn ich dich erwisch, dann ...!" Aber Frau Milla erwischte den flinken Kater natürlich nie, so gingen ihre Drohungen ins Leere.

Als Herr Novak gemeinsam mit Simon vor dem Haus ankam, wartete Frau Milla schon gespannt vor der Hofeinfahrt. Sie war darüber informiert, dass der neue Hilfsfotograf in den Haushalt aufgenommen werden sollte. Sie wollte ihn sich gleich einmal genau anschauen. „Jeschus, Maria und Josef, was ist denn das für eine dirre Gestalt, das wird nicht einfach, den aufzupapperln ...", jammerte sie gleich einmal. „Da muss ich viele Knedliki kochen, bis aus dem ein ordentliches Mannsbild wird!" Frau Milla sprach ein etwas verböhmackeltes Wienerisch, das die meisten Umlaute vermied und sich wie ein langgezogener weicher Singsang anhörte.

Simon stellte bald fest, dass es in Wien viele verschiedene Sprachvarianten gab, die in den einzelnen Regionen ganz unterschiedlich daherkamen. Da gab es den eher rustikalen wienerischen Dialekt, der in den Arbeiterbezirken gesprochen wurde und dessen Spezialausdrücke nur von Eingeweihten verstanden wurden. Dann das bereits erwähnte „Böhmackeln", das von vielen, noch in den Monarchiezeiten eingewanderten Böhmen gesprochen wurde. Das „Jiddische" war aus bekannten Gründen viel seltener geworden, aber man hörte es noch manchmal, besonders in der Leopoldstadt. In den Nobelbezirken grassierte das besonders vornehme „Schönbrunner Deutsch", das so klang, als hätten die Sprecher Probleme mit einer gekrümmten Nasenscheidewand oder einem hartnäckigen Dauerschnupfen. In manchen humorigen Filmen mit Gunther Philipp und Peter Alexander als Graf Bobby und Graf Rudi kann man sich bis heute darüber amüsieren. Dazwischen fanden sich zahlreiche Mischvarianten oder auch Leute, die mühelos von einer Sprechart in die andere wechseln konnten. – So einer war der Herr Novak.

Nun zog Simon also in den Novak'schen Haushalt ein und da war einiges komplett neu für ihn. In der Küche gab es einen Gasherd, bei dem man aufpassen musste, dass das ausströmende Gas auch verbrannt wurde, weil man sonst an einer Gasvergiftung zugrunde gehen konnte. Weiters gab es einen Eiskasten, in dem die verderblichen Lebensmittel gelagert wurden. Die Stubenöfen wurden mit Koks geheizt, der Hausmeister brachte die schweren Kokseimer bis vor die Wohnungstüre. Manche Haushalte hatten schon eine moderne Gasheizung. Elektrisches Licht war in den meisten Haushalten eine Selbstverständlichkeit. Frau Milla sah es allerdings nicht gern, wenn sich jemand in der Küche aufhielt. Die Küche war ihr Hoheitsgebiet – und kochen konnte sie, das musste man ihr lassen. Es gab etliche Gerichte, die für Simon ganz neu waren, besonders die zahlreichen Mehlspeisvarianten mit Powidlmarmelade und Mohn. Es gab aber auch oft gekochtes Rindfleisch und Fisch. Die Lebensmittelversorgung war in Wien noch nicht ausreichend gegeben. Die meisten Leute mussten sich mit dem begnügen, was mit den Lebensmittelbezugskarten zu bekommen war. Da war die Fleischhauerei des Bruders sehr hilfreich.

Simon bezog sein eigenes Zimmer, das ehemals ein Dienstbotenzimmer war, aber von Frau Milla nicht beansprucht wurde, da sie ja in der Hausmeisterwohnung logierte. Dieses Zimmer hatte ein Fenster zur Straßenseite hin und Simon konnte gar nicht genug staunen, welche Turbulenzen auf der Straße herrschten. Autos, Straßenbahnen, Radfahrer und Fußgänger – alle mussten irgendwie aneinander vorbeikommen, was auch meistens, begleitet mit viel Gehupe und Geschimpfe, gelang; manchmal krachte es aber auch. Da liefen die Menschen zusammen und jeder hatte etwas anderes beobachtet. Nur selten sah man noch Pferdefuhrwerke, das waren dann entweder Bauern, die ihre frischen Waren zu den verschiedensten Märkten lieferten, oder Fiaker, deren Pferde in diesem Getümmel mit stoischer Ruhe dahintrabten. Der Ausblick aus seinem Zimmer war für Simon ein interessantes Erlebnis, das ihm in der ersten Zeit half, sich in der Wienerstadt zurechtzufinden und sich an den ganz alltäglichen Trubel zu gewöhnen. Vorerst ging er alleine nur zögerlich aus dem Haus. Er hatte Angst, nicht mehr zurückzufinden, und prägte sich die Straßennamen und Hausnummern intensiv ein. Meistens begleitete er den Herrn Novak, wenn der mit seiner Fotoausrüstung unterwegs war.

Die meisten Kunden kamen direkt in das Geschäft, das einen eigenen Raum für die fotografischen Aufnahmen hatte. In diesem Raum befanden sich etliche Scheinwerfer und Kulissen, die nach Wunsch ausgerollt werden konnten. Man konnte zwischen verschiedenen Hintergrundbildern wählen: entweder unterschiedliche Landschaften mit Bäumen oder Häuserzeilen, exquisite Salonhintergrundbilder mit Plüschvorhängen und so weiter. Herr Novak hatte auch viele Requisite, wie verschnörkelte Sessel, Blumensträuße, Bücher oder auch ein Bärenfell und einen Teddybären für die Kinderaufnahmen. Die Leute kamen zahlreich in Herrn Novaks Atelier, denn nach den Jahren des Krieges und des Mangels wollte man zeigen, was man hatte, und besondere Anlässe für die Nachwelt festhalten. Besonders beliebt waren Hochzeitsbilder, aber auch Fotos von stolzen Uniformträgern der Post, der Gendarmerie oder der Eisenbahn – auch die Straßenbahnschaffner und Schaffnerinnen konnten eine schmucke Uniform vorweisen. Es kamen auch Familien mit ihren Kindern und ließen sich in ihrer Festtagskleidung fotografieren oder auch Großeltern bei ihrer Goldenen Hochzeit gemeinsam mit ihren Kindern und Enkelkindern. Das Geschäft lief wie geschmiert, Herr Novak musste einzelne Termine vergeben.

Die Dunkelkammer war sozusagen das Herz des Betriebes. Darin hielt sich Herr Novak meistens alleine auf. Es war streng verboten, die Türe zu öffnen, denn dann wären die Aufnahmen ruiniert gewesen. Erst nach und nach wurde auch Simon in die Geheimnisse der Dunkelkammer eingeführt. Dort konnte er erleben, welch unterschiedliche Effekte man hier durch richtiges Behandeln der Negative erreichte. In einem kleinen Nebenraum, dem Archiv, wurden die zahlreichen Negative aufbewahrt – akribisch nach dem Alphabet sortiert und mit dem Datum der Aufnahme versehen. So konnten die Kundschaften auch nach Jahren eine alte Aufnahme wiederherstellen lassen. In diesem Archiv befand sich ein Fach, das immer verschlossen war. Viel später erfuhr Simon, dass Herr Novak im Krieg als Kriegsberichterstatter tätig gewesen war und etliche der hier gelagerten Aufnahmen für die Öffentlichkeit nicht zumutbar gewesen wären. – Das waren sie auch jetzt noch nicht, denn niemand wollte etwas mit dem Krieg zu tun gehabt haben. Die meisten Menschen schwiegen aus gutem Grund.

Da Simon nur eine mangelhafte Garderobe besaß, beschloss Herr Novak, ihn stadttauglich auszustaffieren. Da er selbst nicht besonders groß war und er und Simon annähernd die gleiche Figur hatten, konnte zum Teil auch Herrn Novaks abgelegte Garderobe für Simon Verwendung finden. Dazu suchte man den Schneidermeister Katisch auf, bei dem Herr Novak gewöhnlich seine Anzüge schneidern ließ. Herr Katisch war erfreut über die neue Kundschaft und beteuerte, dass sich die Anzüge für Simons Figur gut umarbeiten ließen, denn „schmäler kann man immer machen". Frau Milla würde Simon außerdem bald ein paar Kilos auf die Rippen füttern. So kam Simon zu einem Werktagsanzug aus kleinkariertem Wollstoff mit zwei Hosen und zu einem schwarzen Sonntagsanzug mit passender Weste – dazu Hemden, Krawatten und Schuhe. Und weil man in jener Zeit nicht ohne Kopfbedeckung aus dem Haus ging, wurden auch noch ein Filzhut und eine Schiebekappe ausgesucht. Aus Simon war nun ein passabler Stadtherr geworden, mit dem man sich durchaus sehen lassen konnte. „Na wer sagt's denn?", meinte Herr Katisch. „Kleider machen Leute!"

Das Stammcafé

An mehreren Tagen der Woche ging Herr Novak am Abend in sein Stammcafé „Winkler“, das sich ganz in der Nähe seiner Wohnung befand. Bisweilen besuchte er auch andere Kaffeehäuser in der Inneren Stadt, um seine Freunde oder potenzielle Kunden zu treffen. Beim Winkler war er aber besonders gern. Dort war er ein bekannter und beliebter Stammgast, der einen eigenen Tisch für sich beanspruchte. Dieser befand sich im sogenannten Extrazimmer, wo auch der Billardtisch stand und die Schach- und Kartenspieler ihr zweites Wohnzimmer aufgeschlagen hatten. Herr Novak brauchte beim Kellner Karl, der „Herr Karl“ gerufen wurde, keine Bestellung aufzugeben. Es war klar, dass er erst einmal eine Melange nahm. Dann folgten ein bis zwei Gläser Bier und später stieg Herr Novak auf Weißwein um. Spät wurde es oft, besonders an den Samstagen, wenn am nächsten Tag keine Kundschaft erwartet wurde. Es konnte aber vorkommen, dass an Sonntagen Hochzeitsfotos oder Familienfotos gemacht werden sollten. Bisweilen gab es auch einen anderen Anlass, der Herrn Novak dazu veranlasste, ungewöhnlich zeitig aufzubrechen.

Da Simon nun passend gekleidet war, nahm ihn Herr Novak erstmals ins Kaffeehaus Winkler mit. Seine Bekannten waren schon gespannt auf seinen neuen Hilfsfotografen. Simon wurde allen vorgestellt, natürlich auch dem Herrn Karl, der ihn von nun an unter seine „Fittiche“ nehmen sollte. Ein guter Freund des Herrn Novak war Josef Manhart, mit dem er sich besonders gerne traf. Herr Manhart war in alle privaten Geschehnisse eingeweiht, auch in solche, die sonst nicht zur Sprache kamen. Simon staunte über die edle Einrichtung des Kaffeehauses und konnte später feststellen, dass derlei in den Wiener Kaffeehäusern durchaus üblich war. Besonders beeindruckt war er von den großen Kristallllustern, die die Räumlichkeiten prächtig erhellten. Nur dem Kaffeegetränk an sich konnte er noch nicht viel abgewinnen. Kaffee schmeckte ihm nicht, der war einfach nur bitter. Simon bevorzugte heiße Schokolade mit einer Schlagobershaube – was bei Herrn Novaks Bekannten Heiterkeit hervorrief, weil Simon offensichtlich doch noch ein „rechtes Kind“ sei.

Die Gespräche der meist ausschließlich aus Männern bestehenden Gesellschaft waren für Simon zuerst mit vielen Fragezeichen versehen. Er verstand einfach nicht, was da gesprochen und worüber gelacht wurde. Er saß meistens nur da und schwieg. Wenn es sich aber nicht vermeiden ließ, sprach er in seiner etwas eigentümlichen Art – also recht langsam und mit vielen Pausen zwischen den Wörtern. Doktor Bergauer, der im Allgemeinen Krankenhaus arbeitete und auch der Freundesrunde angehörte, hatte eine Vermutung, wie es bei Simon zu seiner sprachlichen Eigenheit gekommen sein könnte, aber er wollte sich noch bei einem Kollegen, der als Kinderarzt tätig war, genauer erkundigen. Dieser Kollege, der einer Ferndiagnose verständlicherweise recht skeptisch gegenüberstand, vermutete bei Simon eine eventuelle psychische Störung, „Autismus“ genannt, die noch weitgehend unerforscht sei. Es gebe bei dieser Krankheit sehr unterschiedliche Symptome und Ausprägungen – auch eher leichte Verläufe, wie sie eventuell bei Simon zutrafen. Herr Novak entschied, Simon zumindest vorerst nichts davon zu erzählen. Simon musste in seinem Fotoatelier ohnehin keine geschliffenen Vorträge halten. Bisher war er mit dessen Arbeitsbereitschaft und rascher Auffassungsgabe sehr zufrieden.

Manchmal kamen die Freunde aus dem Kaffeehaus auch in die Privatwohnung des Herrn Novak, was besonders oft bei seinem Freund Josef Manhart der Fall war. Die beiden Freunde saßen oft bis spät in die Nacht Zigarren rauchend im Salon und genehmigten sich einen alten Kognak – oder mehrere. Am nächsten Morgen riss Frau Milla alle Fenster sperrangelweit auf und schimpfte über den Zigarrenrauch, der sich in den Vorhängen und Polsterbezügen festsetzte. Außerdem habe der Kater offensichtlich schon wieder im Bett des Herrn Novak übernachtet – das könne man eindeutig an den schwarzen Katzenhaaren erkennen. „Eine Katze gehert in eine Keller oder auf eine Dachboden oder überhaupt auf die Gassen – aber nicht in eine Bett! Und der Herr Manhart hat bestimmt keine Katze in seine Bett. Höchstens eine mit zwei Haxn!" Das verstand der Simon wieder nicht, denn eine Katze mit zwei Haxen wäre bestimmt ein äußerst bedauernswertes Geschöpf, das auch im Bett des Herrn Manhart nicht besonders glücklich sein konnte.

Manchmal kam auch eine feine Dame zu Besuch, die nicht fotografiert wurde und durch den Hintereingang schlüpfte. Simon kannte ihren Namen nicht. Sie kam meistens im Schutze der Dämmerung zu Herrn Novak, wobei sie einen kleinen schwarzen Schleier vor ihr Gesicht gezogen hatte. Sie kam auch nur dann, wenn Frau Milla ihren Dienst beendet hatte und bereits in die Hausmeisterwohnung gegangen war. Wer aber glaubte, dass diese Besuche der Hausmeisterin verborgen geblieben sind, der irrte sich gewaltig. Aus ihren häufigen Selbstgesprächen konnte Simon mehr erfahren, als er wissen wollte, denn er schätzte Herrn Novak über alle Maßen. Der kam aber bei solchen Reden nicht besonders gut weg. „Ein Mann soll gefälligst nicht in andere Ehe hineinpfuschen und soll schauen, dass er selber eine Familie bekommt; ich weiß auch, wer sie ist – keine Gute nicht –, das Frauenzimmer, selbiges. Aber ich kann ja mein Mund halten – geht mich ja nix an!" Den Mund hat Frau Milla aber nicht überall gehalten, denn auch sie hatte ihre Freundinnen. Bald wussten die meisten Leute in der Umgebung von dem „Gspusi" des Herrn Novak mit der Frau des Apothekers – nur derselbige nicht.

Eines Tages, als Herr Novak bei einem Außeneinsatz unterwegs war, eine Hochzeitsgesellschaft wollte Fotos vor ihrem repräsentativen Wohnhaus anfertigen lassen, hatte Simon den Auftrag bekommen, die Negativaufnahmen des Vortages in der Dunkelkammer zu entwickeln, was er nun schon selbstständig erledigen konnte. Da steckte der Schlüssel im Schloss des sonst verschlossenen Faches. Simon konnte nicht widerstehen. In einer Lade gab es Aufnahmen von Damen, die außer einem Gesichtsschleier oder zierlichen Stöckelschuhen unbekleidet waren und aus allen Positionen verführerisch in die Kamera lächelten. Dabei war auch eine Dame, die der Bekannten des Herrn Novak erstaunlich ähnlich sah, aber das konnte auch täuschen. Die Fotos in der zweiten Lade waren von einer so schrecklichen Brutalität, wie Simon und die meisten Menschen sie noch niemals zu Gesicht bekommen hatten. Soldaten mit klaffenden Wunden: Bauchschüsse, Granatsplitter, bei denen die Innereien eines Menschen zum Vorschein kamen, abgerissene Gliedmaßen und Gesichter, die auch aus den Bildern heraus noch zu schreien schienen. Aber auch viele Bilder von toten Soldaten und Zivilisten, die in grotesk verrenkten Positionen und mit weit aufgerissenen Mündern und Augen aus den Bildern starrten. Darunter waren auch Kinder, die von ihren toten Müttern umklammert wurden, und es war zu hoffen, dass auch sie bereits tot waren. Ein Inferno aus Brutalität und Grauen, eine Schande für die Menschheit, die niemals endet, wie wir wissen! Immer wieder werden neue Schlachtfelder eröffnet. „Schlachtfeld" ... Was für ein Wort! Ein grausames Wort, das die Entsetzlichkeit der Kriege aber niemals vollinhaltlich auszudrücken vermag.

Obwohl Simon von diesen Aufnahmen zutiefst schockiert war, konnte er sich nicht davon losreißen, ehe er alle Fotos angeschaut hatte. Dann aber lief er so schnell er konnte zum Klosett und übergab sich zitternd. Frau Milla bemerkte sein leichenblasses Gesicht, befahl, Simon solle sich sofort ins Bett legen, und kochte ihm einen Kamillentee. „Schlaf jetzt, Simon", meinte sie. Aber im Schlaf holten Simon die schrecklichen Bilder wieder und wieder ein, sodass er Angst hatte, die Augen zu schließen. Als Herr Novak nach Hause kam, unterrichtete ihn Frau Milla von Simons plötzlicher Erkrankung. Als der das offene Fach in der Dunkelkammer bemerkte, war ihm klar, was Simons Befindlichkeit ausgelöst hatte. Niemand sollte diese Bilder je zu Gesicht bekommen – schon gar nicht ein ohnehin psychisch instabiler Junge, wie es Simon nun einmal war. Er machte sich große Vorwürfe, weil er das Fach nicht ordentlich verschlossen hatte. Auch Simon drückte das schlechte Gewissen. Er hätte die Bilder nicht anrühren dürfen, das hatte er gewusst.

Am nächsten Tag rief Herr Novak Simon zu sich, denn es war ihm klar, dass er dem Simon einiges erklären musste. „Simon, das ist der Krieg, so schaut er aus! Ich war dazu bestimmt, als Kriegsberichterstatter die Situation an den Fronten zu dokumentieren. Meine Aufgabe war es, die „Kriegshelden" zu fotografieren und zu filmen, Soldaten, die vorwärtsstürmten, siegessichere Soldaten mit ihren Waffen vor den Panzern und Haubitzen. Also Filme, die man in der Heimat in den Kinos abspielen konnte und die den Menschen den Glauben an den „Endsieg" vorgaukeln sollten, als schon längst klar war, dass der Krieg verloren war. Aber Hitler wollte noch das letzte Aufgebot in den Kampf schicken: Menschenmaterial, Kanonenfutter, halbe Kinder und alte Männer. Sie wurden geopfert für die Ideen eines Wahnsinnigen und seiner verblendeten Getreuen. Diese Aufnahmen von der grausamen Realität waren natürlich nicht erwünscht. Ich habe sie trotzdem gemacht, um das wahre Gesicht des Krieges zu zeigen und in der sinnlosen Hoffnung, dass die Menschen daraus lernen könnten. Aber das passiert nicht. Die

Menschen lernen niemals!" Und er goss dem verstörten Simon dessen erstes Glas Kognak ein. Das war alles, was ihm als Erste Hilfe dazu einfiel. Simon schlich bedrückt in sein Zimmer und wurde seit diesem Erlebnis wieder von Albträumen geplagt, die ihn schon seit einiger Zeit verschont hatten. Jetzt kamen sie alle wieder zurück – besonders die aus dem Kinderheim.

Sonst hatte sich Simon mittlerweile recht gut in der neuen Situation zurechtgefunden und war auch sehr zufrieden mit seiner Tätigkeit bei Herrn Novak, der ihn immer selbstständiger arbeiten ließ. Was ihm allerdings doch manchmal abging, waren die Naturbeobachtungen, in die er sich früher so gerne vertieft hatte. Herr Novak wusste um die Detailverliebtheit von Simon. Er stellte ihm eine Kamera zur Verfügung, die besondere Nahaufnahmen zuließ und auch aus geringer Distanz scharfe Fotos aufnehmen konnte. Die technische Entwicklung im Bereich der Fotografie schritt ja zügig voran. Aber: Wo gab es in einer zugepflasterten Stadt schon lohnende Motive für Naturaufnahmen? Doch Simon hielt die Augen offen und entdeckte auch in seiner unmittelbaren Umgebung sehr brauchbare Fotomotive. Er fotografierte zum Beispiel von den Dachfenstern des Hauses aus die kleinen Moosgewächse auf den Dachziegeln, die hier in unwahrscheinlicher Vielfalt und Hartnäckigkeit wuchsen. Auch auf den Gehsteigen und im Hof bahnten sich verschiedene „Unkräuter" durch Pflastersteine und Asphalt einen Weg zum Licht und so manche Insekten und Käfer lebten offenbar recht zufrieden in der städtischen Umgebung. Das Nahrungsangebot war zum Teil ja üppiger als auf dem Land, denn es gab genug Abfall und Reste, die die Menschen zur Verfügung stellten. Dieses Angebot lockte auch seine Lieblinge, die Ameisen, in großer Zahl an. Simon entdeckte etliche Ameisenverstecke in der Umgebung. Wunderbar webten die Spinnen ihre kunstvollen Fangnetze in den Ecken der Fenster und wenn der Morgenreif sich darin verfing, ergab das glitzernde Kunstwerke in einer erstaunlichen Regelmäßigkeit und Symmetrie. Auch die öffentlichen Parkanlagen wurden nach und nach in alter Pracht wiederhergestellt, sodass auch blühende Sträucher und Bäume wunderbare Fotomotive abgaben. Besonders faszinierend fand Simon die Blüten der Kastanien, die wie verzauberte weiße Blütenkerzen in die Höhe ragten und noch dazu besonders gut dufteten. Aber auch Igel, Eidechsen, Singvögel und andere kleine Parkbewohner siedelten sich in den Parks, auf Grünstreifen und an Mauervorsprüngen an. Es schien sie wenig zu stören, dass unmittelbar daneben der Verkehr dahinpfiff. Simon nahm auch manche seiner Fundstücke ins Atelier mit und fotografierte moosbewachsene Rindenstücke, trockene Gräser und Samenstände, die von niemandem sonst beachtet wurden. Simon allerdings hatte die besondere Gabe, diese kleinen Wunder zu sehen und abzubilden.

Aber nicht alle tierischen Stadtbewohner waren bei den Menschen beliebt. Gut genährte Tauben wackelten durch das turbulente Stadtgeschehen und erhoben sich nur im Notfall in die Lüfte. Vor Lebensmittelgeschäften und Märkten, vorzugsweise vor Bäckereien, waren sie geradezu eine Plage und wurden von den Wienern gern als „Ratten der Lüfte" bezeichnet. Allerdings gab es auch scharenweise Wanderratten und Mäuse, die sich hauptsächlich in den Kellern und Kanälen aufhielten und den Wienern das Leben schwer machten, wenn sie doch einmal an die Oberfläche krochen und in Wohnungen eindrangen, denn sie besudelten die Nahrungsvorräte der Menschen; die meisten Leute ekelten sich vor solchem Getier. In vielen Wohnungen kämpften die Menschen gegen Flöhe und Wanzen, Blutsauger, die hartnäckig an ihrer Lebensgrundlage (den Menschen) festhielten und auch den gängigen Insektenvertilgungsmitteln tapfer standhielten. Am Turm des Stephansdoms und auf anderen Kirchtürmen nisteten Mauersegler und Turmfalken, im Inneren der Türme hingen kopfüber Fledermäuse und warteten auf die Nacht. Aber die Dunkelheit wurde in einer Stadt wie Wien niemals so schwarz wie auf dem Land. Immer leuchtete in unmittelbarer Umgebung irgendeine Straßenlaterne, die Scheinwerfer der Autos und beleuchtete Schaufenster schnitten helle Lichtkegel in die Dunkelheit.

Simon streifte neuerdings auf seinen Beobachtungszügen, bewaffnet mit seiner Kamera, durch die Stadt. Er traute sich nun die nähere Umgebung zu verlassen, auch in den Abendstunden. Herr Novak warnte ihn, sich in der Dunkelheit in einsamen Gassen aufzuhalten, denn es gab „genug zwielichtiges Gesindel", das sich vorzugsweise in dunklen Ecken und vor einschlägigen Lokalen herumtrieb. Eine Begegnung der unangenehmen Art hatte Simon auch schon erlebt, weil es einer der „Strizzis" (Wienerisch für Gauner) offensichtlich auf seine Fotokamera abgesehen hatte. Aber Simon, der nicht besonders kräftig war, war ein äußerst flinker Läufer. Sein augenscheinlich angeheiterter Verfolger hatte nicht die geringste Chance. In der Stadt erwacht der Morgen sehr früh. Kaum hatten die letzten Lokale ihre Rollläden heruntergelassen und die Nachtschwärmer ihren Heimweg angetreten, ging das Treiben in der Stadt wieder los. Die Ersten waren die Bäckereien, die ihre Lehrbuben mit dem frischen Gebäck zur Auslieferung ausschickten. Auch die Straßenreinigung oder Schneeräumung startete am frühen Morgen, ebenso waren die Hausmeister am Morgen bei den Ersten, denn sie mussten ihre Haustore aufschließen, die Gehsteige vor den Häusern kehren und im Winter vom Schnee befreien, den die Schneepflüge auf die Gehsteige geschoben hatten. So wurde der schmutzige Schnee hin und her geschoben, bis er sich schlussendlich in flüssiger Form in die Kanäle verabschiedete.

Auch im Haushalt des Herrn Novak gab es neuerdings Gelegenheit zur Insektenbeobachtung, und das in der Küche! Frau Milla war am Rande eines hysterischen Anfalls, als sie eine Ameisenstraße entdeckte, die sich unter der Kredenz, über die Anrichte und unter der Türe in die Speisekammer erstreckte. Zuerst trampelte sie alle verfügbaren Krabbler tot, aber das war nur ein heillos hilfloser Versuch. Ameisen sind hartnäckig und vor allem zahlreich in ihrem Auftreten. Sie haben seit Anbeginn der Welt ihren Platz behauptet, lange vor den Menschen. Sie würden sicherlich auch die Menschheit überleben. Das alles erklärte Simon der Frau Milla, war er doch ein ausgesprochener Experte in Sachen Ameisen. Seine Ausführungen trugen allerdings nicht zu Frau Millas Beruhigung bei – im Gegenteil. Sie lief in die Drogerie, um sich bezüglich Ameisenbekämpfung fachmännisch beraten zu lassen. Dort erfuhr sie, dass Natron, aufgelöst in Zuckerwasser, den Tod der unerwünschten Hausbewohner hervorrufe, und schritt sogleich zur Tat. Simon erhielt Küchenverbot, denn vielleicht hintertrieb er auch noch Frau Millas verzweifelte Versuche. Simon machte sich hingegen keine Sorgen, denn die Ameisen gewannen immer! So war auch die Aktion mit dem Natron nur kurzzeitig von Erfolg gekrönt. – Es waren einfach zu viele! Nun wurde Herr Beran herbeigerufen. Der schob zuerst die schwere Kredenz zur Seite, um die Ursache der Ameiseninvasion herauszufinden. Tatsächlich ergossen sich aus einem lächerlich schmalen Spalt die Ameisenmassen, um in weiterer Folge ihren Weg durch die Küche in die Speisekammer anzutreten. Herr Beran, der eindeutig die besseren Nerven hatte, kam in aller Ruhe mit einem Gipsgemisch in die Wohnung und verspachtelte den Ameiseneingang sorgfältig. Dieser Weg war vorerst blockiert, aber die Ameisen waren im Haus, sie fanden immer wieder eine Möglichkeit.

Tod des Vaters

Im Geschäft gab es einen schwarzen Telefonapparat, der an der Wand hing. Wenn in den Abend- oder Morgenstunden ein Anruf hereinkam, musste man so schnell wie möglich über das Stiegenhaus in das Atelier hinunterlaufen. Trotzdem kam man oft zu spät und der Anrufer hatte mittlerweile bereits aufgelegt. Das wollte Herr Novak ändern. Er beauftragte die Österreichische Post- und Telegrafengesellschaft, einen zweiten Anschluss in der Privatwohnung zu installieren. Nach einigen Wochen Wartezeit kamen zwei Monteure, zogen Kabel und verlegten Leitungen nach einem komplizierten Plan. Von nun an läuteten die beiden Apparate gleichzeitig. Simon ging allerdings äußerst ungern ans Telefon. Seine Sprachstörung war zwar mittlerweile kaum noch zu bemerken, aber er hatte immer noch Hemmungen, einfach drauflos zureden. Wenn Herr Novak nicht im Haus und auch Frau Milla beschäftigt war, blieb ihm jedoch manchmal nichts anderes übrig, als den Anruf entgegenzunehmen. Meistens ging es dabei um Terminvereinbarungen oder um Nachfragen, ob die bestellten Fotografien abholbereit seien.

Dieses Mal aber wurde Simon persönlich verlangt, denn seine Schwester Franziska war am Telefon. Franziska berichtete, dass der Vater wohl nicht mehr lange leben werde und sie den Eindruck habe, dass er seinen Sohn Simon noch einmal zu sehen wünsche. Das war nun eine seltsame Botschaft. Sein Vater, der sich um ihn und sein Schicksal noch nie gekümmert hatte, erinnerte sich auf einmal daran, dass er noch einen Sohn hatte, den er aber am liebsten verleugnet hätte und dessen Existenz für ihn eine ständige Schande war. Simon konnte vorerst mit dieser Nachricht nichts anfangen und überlegte, was er tun solle. Er besprach sich mit dem Herrn Novak. Der riet ihm, in seinen Heimatort zu fahren, denn nach dem Tod eines Menschen gebe es keine Möglichkeit mehr, etwas nachzuholen. Es könne wichtig für seinen eigenen Seelenfrieden sein, dem Wunsch seines Vaters nachzukommen. Einige Tage später werde er dann selbst nachkommen, denn bei der Gelegenheit könnten sie beide ja wieder eine „Fotosafari“ in der Umgebung von Breitenberg starten.

So machte sich Simon also auf den Weg. Er fuhr mit der Bahn, und je näher er seinem Heimatort kam, desto mehr beschlich ihn ein beklemmendes Gefühl, denn seit dem Tod der Mutter hatte er Breitenberg nicht mehr als seine Heimat angesehen. Der Fußweg vom Bahnhof zur Schmiede mutete Simon ebenfalls etwas seltsam an. Er kannte die Häuser und auch etliche Menschen, die ihm auf seinem Weg begegneten und ihn recht ungläubig anblickten. Es war wie ein Gang in seine Vergangenheit, von der er geglaubt hatte, dass sie längst keine Bedeutung mehr für ihn hätte. Die Schmiede hatte sich deutlich verändert. An der Straßenseite war ein großes Einfahrtstor eingebaut worden und ein Schild über der Einfahrt bekundete, dass hier nun eine Reparaturwerkstätte für Fahrzeuge zu finden sei. Auch die Inneneinrichtung war verändert worden. Geräte und Werkzeugteile, die ihm unbekannt waren, hatten die ursprüngliche Schmiedewerkstätte verdrängt. Nur im hinteren Teil war noch eine alte Esse vorhanden, in der aber kein Feuer mehr brannte. Als Simon eintrat, traf er einen Mechaniker an, den er nicht kannte und der zu ihm sagte: „Der Chef ist oben in der Wohnung.“

Als Simon die Freitreppe zum Wohnungstrakt hinaufstieg, erinnerte er sich daran, wie oft er als Kind diese Stiege hinauf- und hinuntergelaufen war, meistens im Schatten seiner Mutter, die ihm in dieser Umgebung Sicherheit und Schutz gegeben hatte. Die Wohnung selbst war offensichtlich unverändert: die alte Eingangstüre, der Holzboden in der Diele, ja sogar die Vorhänge und die Bilder an der

Wand. Hier hatte sich nichts verändert, trotzdem war alles fremd. Er klopfte an die Stubentür – und nachdem eine Aufforderung zu hören war, trat er ein. Der alte, massive Esstisch stand an seinem gewohnten Platz. Simon sah in seiner schmerzlichen Erinnerung, wie er sich als kleines Kind oft hilfesuchend und ängstlich unter diesem Tisch verkrochen hatte. Nun saß auf dem Platz, an dem der Vater immer gesessen hatte, sein Bruder Erwin. Im ersten Moment glaubte Simon, den Vater selbst vor sich zu haben, so ähnlich war ihm sein Sohn geworden. Breitschultrig und raumgreifend saß er da und war gerade dabei, eine ausgiebige Jause zu sich zu nehmen.
„Ja, wen haben wir denn da? Simon, dass du dich auch einmal blicken lässt nach so langer Zeit." Sogar die Stimme war die seines Vaters.
„Franziska hat mich verständigt", antwortete Simon – und das klang fast wie eine Bitte um Entschuldigung.
„Setz dich her, willst du was essen?"
Nein, das wollte Simon nicht, er wollte die Angelegenheit so schnell wie möglich hinter sich bringen, denn er fühlte sich gar nicht wohl.
„Mit dem Vater geht es zu Ende. Aber ich sage es dir gleich, zu erben gibt's nix. Die Schmiede und das Haus sind schon lange mir überschrieben und ich habe genug investiert in die alte Hütte."
„Darum bin ich auch nicht hier, ich will nur noch einmal nach dem Vater sehen."
„Na dann ist's ja gut, weißt du, der Vater ist schon eine rechte Belastung für uns alle. Er hat schon länger nicht mehr zur Arbeit getaugt, ist aber immer noch in der Werkstatt herumgestanden und hat sich in Dinge eingemischt, von denen er keine Ahnung hatte. Jetzt liegt er nur mehr in seinem Bett und wartet auf das Sterben. Reden kann er fast nichts mehr, aber Arbeit macht er uns genug."
Simon wunderte sich über den lieblosen Ton, den sein Bruder dem Vater gegenüber anschlug, aber wahrscheinlich hatte auch Erwin

unter der strengen Hand des Vaters zu leiden gehabt.
Simon sagte nur: „Dann gehe ich zu ihm hinauf."
„Er liegt aber nicht im Schlafzimmer, sondern in der kleinen Kammer daneben", rief ihm der Bruder noch hinterher.
Dieses kleine Zimmer war seinerzeit das Kinderzimmer gewesen, das Simon sich mit seinen Brüdern teilen musste und das der Austragungsort so mancher Hänseleien und Boshaftigkeiten seiner Brüder ihm gegenüber gewesen war. Jetzt stand nur noch ein Bett im Zimmer. Der ehemals große und starke Vater wirkte wie geschrumpft unter der Bettdecke, die offenbar schon länger nicht mehr gewechselt worden war. Simon nahm sich einen Stuhl und setzte sich an das Bett. Der Vater schlug die Augen auf und brauchte mehrere Augenblicke, bis er Simon erkannte. Er wollte etwas sagen und bewegte auch die Lippen, aber Simon konnte keinen Ton verstehen. Der Vater bemühte sich zwar, aber es kam nur ein geflüsterter Hauch. Simon beugte sich zu seinem Vater nieder, konnte aber nur ein Wort verstehen: „Simon" – und immer wieder „Simon". So rang der Vater offenbar mit seiner Unfähigkeit, sich zu äußern, und das erinnerte Simon an seine eigene Sprachhemmung, die ihn in seinem Leben lange gequält und über die sich sein Vater nicht nur ein Mal lustig gemacht hatte.

Sosehr Simon in seinem Innersten auch forschte, am Vater konnte er keinerlei Ähnlichkeit zu sich selbst herstellen. Der Vater, von Natur aus groß und kräftig gebaut, sein dunkles Haar, das zwar grau geworden war, aber immer noch seinen Kopf bedeckte, seine dunklen Augen, die breiten Schultern, die stämmige Natur, ein Bild von Vitalität und Gesundheit – das genaue Gegenteil von Simon, der von jeher eher zart und klein gewachsen war. Auch die Art des Vaters war gänzlich anders als die von Simon. Der Vater war immer laut und raumgreifend aufgetreten, er war autoritär und bestimmend der Familie vorgestanden und hatte andere Meinungen und Vorstellungen nicht akzeptiert, ja diese kaum wahrgenommen. In Simons Erinnerung stand der Vater wie eine mächtige Eiche in seiner feurigen Werkstatt und hatte alles um sich herum bestimmt und beherrscht. Selbst dem Eisen hatte er seinen Willen aufgezwungen und es nach seinem Willen geformt und gebogen! Trotzdem war dieser alte Mann sein Vater und lag nun allein und hilflos in seinem Bett. Er hatte von all seiner Kraft nichts mehr in seine jetzige Situation herüberretten können. Sogar die Fähigkeit des Sprechens war ihm weitgehend verloren gegangen. Sein schlechtes Gewissen saß wie ein Dämon auf seiner Brust und raubte ihm den Atem.

Aber die Augen des Vaters sprachen Worte, die Simon sehr wohl zu deuten wusste, obwohl ihm der intensive Blickkontakt unangenehm war. „Es ist alles gut. Du sollst deinen Frieden finden“, sagte Simon, der dem Vater nicht länger böse sein wollte, wo er doch sehen konnte, wie der mit seinem Gewissen zu kämpfen hatte. Der Vater rang mit dem Tod, der noch niemanden verschont hatte, der aber trotzdem von kaum jemandem realisiert wurde. Die Menschen leben gerne in der Illusion der Unsterblichkeit und handeln oft auch danach. Oft führen erst die letzten Tage oder Stunden zu der Erkenntnis, dass vieles, was bisher so wichtig erschien, im Angesicht des Todes vollkommen bedeutungslos ist. Nun hatte sich also der Vater auf seinen letzten Weg gemacht und Simon konnte sehen, wie schwer ihm das fiel. Sicherlich hätte der alte Schmied so manches gerne rückgängig gemacht, aber das ist eine der Grausamkeiten des Lebens, dass alles, was die Menschen verbrochen haben, unwiederbringlich festgelegt ist und kein Ritual und keine Religion irgendetwas auslöschen kann.

Als sich Simon nach dem Besuch bei seinem Vater auf den Weg zu seiner Schwester machte, dämmerte es schon und die kleine Wanderung gab ihm die Möglichkeit, einiges in seinen Erinnerungen zu überdenken. Schlussendlich war er jetzt froh, dass ihn Franziska verständigt und er den Vater noch einmal gesehen hatte. Simon hatte einen Abschluss der vielen bedrückenden Erlebnisse gefunden, die ihn mehr belastet hatten, als ihm selbst bewusst gewesen war. In dieser Nacht verstarb der Vater einsam in seiner Kammer.

Simon erlebte das Begräbnis des Vaters mit der für ihn typischen emotionalen Gleichgültigkeit, die aber nur im äußeren Anschein bestand. In Wirklichkeit kamen viele Erinnerungen hoch, die im Zusammenhang mit seiner Familie im Unterbewusstsein vorhanden waren. Und die waren, bis auf wenige Ausnahmen, mit Angst und Zurückweisung verbunden. Auch bei den Schwestern war nicht viel Trauer über den Tod des Vaters zu bemerken. Für ihn waren die Mädchen ohnehin nur Kinder zweiter Klasse gewesen. Wirklich gezählt hatten nur die Buben. Als die Trauergäste den Friedhof verlassen hatten, blieb Simon alleine zurück. Er ging durch die Reihen der Gräber und konnte sehen, dass viele Grabkreuze das Werk seines Vaters waren. Die schönen schmiedeeisernen Kreuze hatte sein Vater mit viel Können und Liebe geschmiedet. Eine Liebe, die er für Menschen nie übrig gehabt hatte. Die Grabkreuze hatten ihn überlebt und würden noch lange von einem Schmiedemeister Zeugnis ablegen, der ein besonderes Talent für das Zurechtbiegen von hartem Material hatte.

Mit seinen Schwestern Franziska und Magdalena verbanden Simon aber durchaus positive Familienbande und er war froh, die beiden wieder zu treffen. Als sie zu dritt an einem Tisch saßen, ergab sich die Gelegenheit, über die Kinderzeit zu sprechen, und die Erinnerungen färbten sich allmählich gnädig in rosige Gedanken. Einige Tage später kam Herr Novak aus Wien mit seiner kompletten Fotoausrüstung angereist und quartierte sich ebenfalls in Franziskas kleiner Frühstückspension ein.

Schon am nächsten Tag, an dem die Lichtverhältnisse günstig waren, begaben sich die beiden auf die Suche nach geeigneten Fotomotiven. Simon wollte natürlich in erster Linie nachsehen, ob es den von ihm so oft aufgesuchten Ameisenhügel noch gab. Seine Enttäuschung war groß, als auf dem ursprünglichen Platz keine Spur mehr von den Ameisen zu sehen war. Die Ursache für ihr Verschwinden lag offensichtlich darin, dass der Feldweg deutlich verbreitert und der Hügel wahrscheinlich von Traktorenreifen platt gefahren worden war. Aber als sich Simon in der näheren Umgebung umsah, entdeckte er sie! Die Ameisen hatten ihren Bau einfach ein wenig tiefer in den Wald hinein verlegt und ihr übliches Tagwerk unbeeindruckt wieder aufgenommen. Unermüdlich liefen sie entlang ihrer Ameisenwege, wie von einer unsichtbaren Hand geleitet, transportierten ihre Frachten und verschwanden endlich in einem der zahlreichen Eingänge ihres Ameisenparadieses. In ihrer anscheinend abgeschlossenen Welt sind sie doch mit ihrer Umgebung in ständiger Symbiose verbunden. Die Erde, die Bäume, die Pflanzen und die Tiere, ja, der ganze Wald, sind in ihren Lebens- und Wirkungsraum eingebunden. Ameisen gibt es fast auf der ganzen Welt, die zahlreichen Arten haben sich an die unterschiedlichsten Lebens- und Klimabedingungen hervorragend angepasst. Diese kleinen Wesen sind zäh und flexibel. Sie wird es bis ans Ende der Welt geben, was man von den Menschen nicht behaupten kann.

Simon bewunderte diese kleinen, anscheinend unsterblichen Wesen, die in ihrer eigenen Welt geordnet lebten und sich rein gar nicht um andere Lebensformen, schon gar nicht um die der Menschen kümmerten. Was mochten sie denken? Wie ihre Umwelt wahrnehmen? Simon hätte viel dafür gegeben, für einen Tag einer von ihnen sein zu können und in ihre Welt einzutauchen. Er war davon überzeugt, dass nach so einem Abenteuer die eigene Weltsicht viel umfassender und bedeutend weiser gewesen wäre. Aber wie jedes noch so große oder winzige Lebewesen sind wir alle in unseren Welten gefangen und stehen trotzdem in Verbindung mit allen. Leider haben die Menschen noch immer nicht erkannt, dass ihre vermeintliche Sonderstellung eine naive Illusion ist und dass alle Geschöpfe und Elemente sowie Flora und Fauna miteinander vernetzt und aufeinander angewiesen sind. Auch wenn wir Menschen uns für noch so klug halten und uns allen anderen Geschöpfen überlegen fühlen, sägen wir einfältig an dem Ast, auf dem wir sitzen. – Wie lange wird er uns noch tragen? Verstehen wir denn immer noch nicht, dass Gewinnmaximierungen unwichtig werden, wenn wir die Luft nicht mehr atmen und das Wasser nicht mehr trinken können? Dann werden wir erkennen müssen, dass man Geld nicht essen kann.

Nun hatte Simon mit seiner neuen Kamera erstmals die Möglichkeit, die Ameisen auch in scharfen Nahaufnahmen festzuhalten. Das tat er mit besonderer Freude und Neugier auf die zu erwartenden Ergebnisse, die in Wien in der Dunkelkammer möglicherweise entstehen könnten. Auch Herr Novak hatte wieder einige spannende Motive ausgemacht, besondere Sonnenauf- und Sonnenuntergänge inmitten eines lichtdurchfluteten Horizontes, umrahmt von beeindruckenden, gewaltigen Wolkenbergen in den unterschiedlichsten Farbvarianten. So waren also beide durchaus zufrieden mit ihrer Motivausbeute, als sie sich einige Tage später wieder auf den Heimweg machten. Sie fuhren mit Herrn Novaks Automobil

Richtung Wien und Simon freute sich auf seine bekannte Lebensumwelt, denn alles Gewohnte gab ihm Sicherheit. Veränderungen liebte er nicht.

Zu Hause berichtete Frau Milla mit schlecht verborgener Häme, dass der Kater Mephisto entkommen und schon mehrere Tage nicht mehr zu Hause aufgetaucht sei. Herr Novak machte sich daraufhin sofort auf die Suche nach dem kleinen Ausreißer. Er durchstreifte die nähere Umgebung und suchte besonders in Dachböden und Kellerräumen. Vielleicht war der Kater ja irgendwo unabsichtlich eingesperrt worden und musste nun jämmerlich verhungern. Aber vergebens – Mephisto blieb verschwunden. „Die Frau Milla hat ihn sicher absichtlich verscheucht. Sie konnte ihn ja noch nie leiden. Wer weiß, wohin er sich verkrochen hat!“ Aber Mephisto war ein schlauer Kater, der genau wusste, wo er eine besonders komfortable Unterkunft finden würde.

Österreich ist frei!

Wie bereits erwähnt, wohnte einen Stock über der Wohnung des Herrn Novak dessen Mutter, Frau Elsa Novak, die mangels vorhandener Kochbereitschaft von Frau Milla tagtäglich mit einem Mittagsmenü versorgt wurde. Da zwischen den beiden Damen wenig Sympathie vorhanden war, oblag es Simon, die Behälter mit den Mahlzeiten täglich in die darüber liegende Wohnung zu transportieren, was er auch sehr gerne erledigte. Denn es gab bei Frau Novak immer besondere Leckereien, die sie aus der nahegelegenen Konditorei Engelmaier bezog. Simon liebte vor allem die Punschkrapferl mit rosa Zuckerguss, die stets für ihn bereitstanden, denn Simon bevorzugte jede Art von Süßspeisen.

Als Simon am nächsten Tag wieder die obere Wohnung betrat, entdeckte er Mephisto, den kleinen Ausreißer, der auf einem roten Samtkissen ruhte und Simon schläfrig und gelangweilt entgegenblinzelte.
„Da ist ja unser kleiner Strawanzer. Wir suchen ihn schon seit einigen Tagen!", rief er.
„Ja, so ist das, wenn ein Tier nicht ordentlich behandelt wird", entgegnete Frau Novak. „Mephisto bleibt in Zukunft bei mir!"
Daran war nicht zu rütteln, denn Frau Novak war eine überaus energische Dame, die besonders vonseiten ihrer Söhne keinen Widerspruch duldete. Mephisto hatte ein gutes Leben bei seinem neuen Frauchen. Er genoss alle Freiheiten, denn bei Frau Novak durfte er ein und aus gehen, wie und wann er wollte. Er fand auch immer wieder zurück und war bei seinen Schleichwegen durch das weitläufige Gebäude sehr erfinderisch. Manchmal huschte er mit einem Kunden ins Geschäft und von dort aus in den ersten Stock, wo er mauzend an der Haustüre kratzte. Er kannte offensichtlich auch alle Wege durch die unterirdischen alten Kellergewölbe, wo es von Mäusen und Ratten nur so wimmelte. Hier konnte er seinem

Jagdtrieb nachgehen. Er fraß seine Beute aber nie, denn bei Frau Novak gab es Besseres als zähe Felltiere. Zweimal im Jahr war er ohnehin nicht zu halten – da lockte die Katzendamenwelt. Damit verbunden waren unausweichliche Kämpfe mit der Konkurrenz, den anderen Katern. Aber Mephisto konnte sich dank seines guten Ernährungszustands gegen seine meist ausgemergelten Mitbewerber leicht durchsetzen. Eines Tages kam er allerdings mit einem blutenden Ohr in die Wohnung zurück. Frau Novak packte ihn, was er nur unter erheblichem Protest über sich ergehen ließ, in einen Deckelkorb und rief Simon zu sich. Der musste Mephisto zu einem nahen Veterinär bringen und ihn medizinisch behandeln lassen. Frau Novak ging nicht mit. „Ich kann kein Blut sehen", behauptete sie. Das Ohr musste genäht werden, und als die Nähte zwei Wochen später wieder entfernt werden konnten, stellte sich heraus, dass das verletzte Ohr um ein ganzes Stück kürzer geworden war. Mephisto störte das aber nicht und diese Besonderheit gab ihm einen verwegenen Ausdruck, wie einem alten Seemann.

Für Frau Elsa Novak gab es nur zwei Sorten von Menschen: die Eleganten und solche, die es an dieser Eigenschaft mangeln ließen. Diesen war Frau Novaks Verachtung sicher. Man hatte in jeder Situation in erster Linie elegant zu sein. Das erstreckte sich vorerst auf die äußere Erscheinung eines Menschen, aber auch auf seine Haltung und sein Benehmen. Besonders kritisch war Frau Novak in dieser Hinsicht bei ihren eigenen Geschlechtsgenossinnen. Nach Ansicht der Frau Novak ging eine Dame überhaupt nur mit Hut und Handschuhen angetan auf die Straße. Die Frisur hatte immer perfekt zu sitzen, die Schuhe sollten farblich auf die jeweilige Garderobe abgestimmt sein. Auf die Idee, dass viele Menschen in diesen Tagen froh sein mussten, überhaupt einigermaßen brauchbare Schuhe an den Füßen zu haben, kam sie offenbar nicht. Sie selbst verfügte über eine umfangreiche Auswahl von Kleidern und Kostümen, was aber auch daran lag, dass sich ihre Figur seit ihrem siebzehnten Lebensjahr überhaupt nicht verändert hatte und ihr alles noch perfekt passte. Außerdem hatte sie eine Witwenrente und einige Ersparnisse zur Verfügung, die ihr auch in wirtschaftlich schwierigen Zeiten ein gutes Auslangen garantierten.

Den Simon mochte die Frau Novak sehr gern. Sie hatte es sich zur Aufgabe gemacht, einen eleganten Herrn aus ihm zu machen. An den Sonntagen besuchte Frau Novak stets den Gottesdienst in der nahen Stiftskirche. Dabei wollte sie allein bleiben, denn sie hatte ein bestimmtes „Anliegen an den lieben Gott", wie sie sich ausdrückte. Simon drang nicht weiter in sie und stellte diesbezüglich keine weiteren Fragen. Wenn sie aber an den Sonntagnachmittagen aufbrach, um in die von ihr bevorzugte Konditorei zu spazieren, lud sie Simon meistens ein, sie zu begleiten. Sie genoss die Gesellschaft des jungen Kavaliers und die neidischen Blicke ihrer Freundinnen, die sie beim Engelmaier traf. Außerdem schätzte sie an Simon seine vorteilhafte Angewohnheit, recht wortkarg zu sein und sie kaum einmal zu unterbrechen. Denn pausenloses Sprechen war eine ihrer vorrangigsten Eigenheiten und Simon gab ihr meistens kopfnickend in allem recht – er wäre ohnehin nicht zu Wort gekommen.
„Schau dir einmal die Leute an, Simon – wie die daherkommen –, geschmacklos, ohne Eleganz! Zum Beispiel die Frau Hableitner aus dem Nachbarhaus, die meint auch, sie muss mit den Jungen mithalten. Je dicker und unförmiger die Beine sind, desto kürzer werden die Röcke – wahrscheinlich damit jeder die Krampfadern bewundern kann. Und erst die Frau Hansen von gegenüber. Eine Figur hat die, wie ein übergewichtiges Rhinozeros im Nachthemd. Wo nimmt die in diesen Zeiten nur all die Lebensmittel her? Und erst die Schuhe. Da trägt eine sogar braune Schuhe zu ihrem

schwarzen Mantel. Und manche junge Herren, die nicht einmal am Sonntag einen passenden Hut aufsetzen, den sie beim Grüßen lüften könnten." Ja, die Frau Novak war in einer privilegierten Situation, und das war ihr auch bewusst. Immerhin gab es in ihrer Verwandtschaft eine gutgehende Fleischerei und einen Fotoladen, der immer besser lief.

Langsam stabilisierte sich die allgemeine Lage der Menschen. Aber es gab noch genügend Armut in Wien. Die Arbeitslosigkeit war hoch und die Wienerstadt in einem immer noch desolaten Zustand. Da bewies Frau Novak, dass sie ein gutes Herz hatte für Menschen, denen es nicht so gut ging. Auf ihrem Weg zur Konditorei stand immer an der gleichen Ecke ein Bettler, an dem die Frau Novak nie vorbeiging, ohne ihm eine großzügige Spende zuzustecken. (Wahrscheinlich stand er genau aus diesem Grund immer an diesem Platz.) Wenn er sich daraufhin überschwänglich bedanken wollte, drohte sie mit dem Zeigefinger und meinte: „Das ist schon in Ordnung so, aber hören Sie: Nicht gleich alles vertrinken! Und überhaupt, wie kommen Sie denn heute wieder daher? Ich hab' Ihnen doch vorige Woche zwei schöne Anzüge meines verstorbenen Gatten mitgebracht, und Sie haben wieder dieses Lumpenzeug angezogen." „Aber gnä Frau, wenn ich so einen Anzug anziehen tät', glauben S' denn, da würd' mir irgendwer noch was in den Hut werfen? – Nein, die heb' ich mir für meine freien Tag' auf, wenn ich in mein Stammbeisl geh'– da haben s' dann was zum Schau'n, meine Freund'."

In den Außenbezirken wohnten nach wie vor viele kinderreiche Familien in desolaten Holzbaracken. Die Gemeinde Wien konnte gar nicht schnell genug für menschenwürdige Wohnungen sorgen, denn die Bevölkerung in der großen Stadt wuchs ständig. Immer noch gab es vereinzelt Schuttberge in der Stadt und manch ehemalige Prachtbauten waren von Bombenangriffen oder den daraus resultierenden Bränden beschädigt. Das war auch bei der Oper der Fall, und das schmerzte die Frau Novak besonders, denn sie war eine ausgesprochene Musikliebhaberin. Sie war nämlich im Besitz eines funktionierenden Plattenspielers und einer beachtlichen Anzahl von klassischen Schallplatten, die sie Simon bei seinen Besuchen oft vorspielte. Dabei lernte Simon die beglückende Wirkung von guter Musik kennen. Er sprach ganz außerordentlich positiv darauf an. „Du musst die Augen schließen und die Musik wie einen guten Wein genießen", meinte Frau Novak, obwohl Simon Wein gar nicht mochte. Aber gegen ein Gläschen Eierlikör hatte er nichts einzuwenden. So kombinierte er eines mit dem anderen und war bei solchen Gelegenheiten sogar imstande, sich in eine phantastische, heile Welt zu versetzen und seine traumatischen Kindheitserlebnisse wegzuschieben. Aus all diesen Gründen ging Simon sehr gerne in die Wohnung der „gnädigen Frau", wie die Frau Novak von allen Hausbewohnern genannt wurde. Aber auch seine neuesten Fotoaufnahmen versetzten Simon in eine zuversichtliche Stimmung, was seine berufliche Entwicklung betraf. Die Nahaufnahmen von den Ameisen waren sehr gut gelungen. Sogar Herr Novak lobte seine Arbeit und ermunterte ihn, in dieser Richtung weiterzumachen. Bisher hatte Simon nur eine Art Taschengeld von Herrn Novak erhalten und hatte zusätzlich freie Logis und Kost. Damit war er auch immer zufrieden gewesen. Es war Herr Novak, der ankündigte, ihm von nun an ein monatliches Gehalt auszuzahlen, weil Simon bereits ein wertvoller Mitarbeiter geworden war, dem Herr Novak das Geschäft auch zeitweise alleine überantworten konnte. Alle seine Aufzeichnungen waren stets korrekt und verlässlich ausgeführt worden, die Kasse stimmte immer bis auf den letzten Groschen.

Die politische Situation änderte sich in diesen Tagen ganz gravierend. Die ausländischen Soldaten zogen bis zum 26. Oktober 1955 aus Wien und aus ganz Österreich ab. Von nun an waren die Bevölkerung und ihre politische Führung wieder für alle Entscheidungen selbst zuständig und verantwortlich. Die Menschen feierten diese neu gewonnene Freiheit und wollten nur mehr eines: den Krieg hinter sich lassen und in Frieden und Freiheit einen neuen Wohlstand aufbauen. Julius Raab war der amtierende Bundeskanzler, Außenminister war Leopold Figl, zwei bedeutende Persönlichkeiten, die wohl unvergessen in den Geschichtsbüchern als jene Politiker festgehalten sind, die in unzähligen Verhandlungen für Österreich die Freiheit erwirkt haben. Der Bürgermeister von Wien war Franz Jonas und gemeinsam wurde alles darangesetzt, den wirtschaftlichen Aufschwung zu fördern und für die Bevölkerung eine Atmosphäre der Zuversicht zu erschaffen.

Als Simons Geburtstag gefeiert wurde, was bisher noch kaum der Fall gewesen war, erhielt er von Herrn Novak ein ganz besonderes Geschenk – eine Jahreseintrittskarte für das Naturhistorische Museum. Das erste Mal ging Herr Novak mit, aber er zeigte wenig Interesse an den „verschimmelten Ausstellungsstücken", wie er sich ausdrückte, und verabschiedete sich bald. Simon aber war überwältigt von der schier unendlichen Vielfalt, die hier den zugegeben wenigen Besuchern dargeboten wurde. Er wusste gar nicht, wo er anfangen sollte, und kam nach etlichen Stunden etwas überfordert und verwirrt wieder an die frische Luft, denn diese war Mangelware in den dunklen Räumen des Museums. Es roch nach Staub, Desinfektionsmitteln, Schmierseife, Mottenkugeln und anderen chemischen Substanzen. (Die Räumlichkeiten des ehemaligen Naturhistorischen Museums können nicht mehr mit den heutigen modernen Ausstellungsräumen verglichen werden.) Als Simon nach einigen Tagen das Museum wieder besuchte, hatte er sich vorgenommen, in den oberen Etagen bei den Insekten zu beginnen. Es war erstaunlich, welche Vielfalt von Schmetterlingen, Käfern, Spinnen, Raupen und natürlich Ameisen es zu bestaunen gab. Sie alle waren in Kategorien eingeteilt, nummeriert, beschriftet und mit Nadeln am Hintergrund aufgespießt. Haben sie noch gelebt, als sie die Nadel durchbohrte? Simon erschauderte – alles tot, nichts lebendig! Aber besonders die vielen Arten und Größen von Ameisen, die hier zu bestaunen waren, die unterschiedlichen lateinischen Artenbezeichnungen, das alles war sehr interessant; und Simon, der ein besonderes Talent für das Auswendiglernen hatte, merkte sich viele dieser Bezeichnungen. Auch in den darunterliegenden Stockwerken wurden alle Arten von Tieren ausgestellt, die es auf der Welt gab. Sie waren unterteilt in die Bewohner der verschiedensten klimatischen Zonen vom Nord- bis zum Südpol – Tiere an Land, im Wasser, in den Lüften, Wald- und Steppenbewohner, Tiere, die in den Wüsten und in den Urwäldern vorkamen, in Amerika, Afrika, Asien, Australien und Europa. Sie starrten den Besuchern mit ihren Glasaugen entgegen. Daran musste sich Simon erst einmal gewöhnen. Wie viele Naturforscher und Präparatoren hatten wohl an diesen Sammlungen gearbeitet? So viel Mühe und Wissen waren in diesen Hallen gespeichert. Ein wahrer Schatz, der nicht verloren gehen durfte. Es gab auch noch etliche Skelette von riesigen Dinosauriern und anderen Tieren, die schon längst ausgestorben waren. Interessant, ja – aber nur tote Materie. „Wo sind eigentlich wir Menschen?“, fragte sich Simon. Wir gehören ja auch zur Schöpfung. Aber dass man Menschen nicht ausstopfen und ausstellen kann, das sah Simon ein. Allerdings lag Simon gar nicht so falsch mit seiner Vorstellung. Es gab in Wien schon einmal einen präparierten Menschen, der öffentlich zur Schau gestellt wurde. Das war der vermutlich um 1721 in der heutigen Sahelzone geborene Afrikaner Angelo Soliman. Er war, als Kindersklave verkauft, nach Europa verbracht worden. Auf Umwegen kam er nach Wien an den Hof des Fürsten Lobkowitz. In späteren Jahren wurde er als „Geschenk“ dem Fürstenhaus Liechtenstein zugebracht. Hierorts war er als Kammerdiener und sogar als Erzieher für die Kinder tätig, denn der „Hofmohr“ war ein durchaus intelligenter und durch seinen Aufenthalt in den Fürstenhäusern auch gebildeter junger Mann. Er galt als exotisches Prunkstück, mit dem sich die feine Gesellschaft schmückte. Er soll sogar einer Freimaurerloge angehört haben, doch sein Ende war weniger ruhmreich. Nach seinem Tod um 1795 wollte man auf seine kuriose Erscheinung offenbar nicht verzichten. Er wurde präpariert, ausgestopft und in der kaiserlich-königlichen Naturaliensammlung ausgestellt, wie man es auch mit etlichen exotischen Tieren gemacht hatte. Hier musste er bleiben, bis sein Präparat 1848 beim Brand der Wiener Hofburg den Flammen zum Opfer fiel. Endlich hatte er Ruhe, der „Hofmohr Angelo Soliman“.

Trotz all dieser verwirrenden Erkenntnisse besuchte Simon das Museum, sooft er konnte. Manchmal ging er zielstrebig in ein bestimmtes Stockwerk, um ein besonderes Exponat zu studieren. – So eignete er sich viel Wissen an. Seine Vorliebe galt aber nach wie vor den lebenden Geschöpfen. Immer wieder ging er beobachtend und fotografierend umher, seine Aufnahmen wurden immer professioneller. Die Kleinheit war es, die ihn faszinierte, die winzigen Details, die von den meisten Menschen gar nicht gesehen wurden. Es gelangen ihm wunderschöne Aufnahmen von Blumen und bestäubenden Insekten, Fotos, in denen man die Emsigkeit der Bienen und Hummeln geradezu mitzuerleben vermeinte.

Da machte ihm der Herr Novak eines Tages ein verlockendes Angebot: „Hör zu, Simon, ich hab' da so eine Idee. Was hältst du davon, wenn wir einen Fotoband gestalten, bei dem deine Detailfotografien und meine Landschaftsbilder kombiniert werden? Ich denke dabei an Aufnahmen von der Stadt Wien und ihrer Umgebung. Wir haben so viele lohnenswerte Motive vor unserer Haustüre. Wir brauchten dazu gar nicht in die Ferne zu schweifen, viele Aufnahmen sind ja bereits im Archiv vorhanden. Ich könnte mir auch einen meiner Freunde als geeigneten Textautor vorstellen, der die Fotos kommentieren und erklären könnte." Diese Idee von Herrn Novak gefiel Simon ganz außerordentlich gut und sie machten sich bald an die Arbeit. Es war schon viel Zeit und Engagement vonnöten, aber diese Aufgabe reizte beide, sodass sie gut vorankamen. Herr Novak war nicht nur im Umland von Wien, sondern auch in den inneren Bezirken unterwegs. Es gelangen auch hier beeindruckende Aufnahmen von mehr oder weniger schönen Gebäuden, aber auch solchen mit argen Kriegsbeschädigungen, die in späteren Jahren wertvolle Zeitdokumente darstellen würden. Simon war für die „kleinen Wunder", wie Herr Novak die Detailaufnahmen nannte, zuständig. Zum Beispiel fotografierte Simon Weinbergschnecken, wie sie im Umland von Wien noch häufig vorkamen, und staunte selbst über die vielfältigen Motivmöglichkeiten, die diese Art zuließ. Viele berührende Motive waren auch in den Parks zu finden, wo man das lebendige Treiben beobachten konnte, wenn man die Auge offen hielt. Die meisten Menschen hatten es verlernt, die Natur in ihrer unmittelbaren Umgebung wahrzunehmen, und gingen achtlos daran vorbei. – Dieses Buch sollte vieles bewusst machen.

Als sie nach intensiven Gesprächen, an denen sich sogar Simon beteiligte, ihr Werk vollendet hatten, musste noch ein Verlag ausfindig gemacht werden sowie eine Buchbinderei, die daraus ein ansprechendes Buch herstellen sollte. Als das Buch endlich fertig war,

war das wie ein Triumph für alle Beteiligten. Im Café Winkler wurde der Bildband erstmals einem interessierten Publikum vorgestellt und seine Vollendung ausgiebig gefeiert. Dieser Fotoband wurde ein großer Erfolg. In vielen Wiener Buchhandlungen wurden die Bücher in die Auslagen gestellt und so mancher Besucher der Stadt nahm sich ein Buch mit, denn es eignete sich auch sehr gut als Geschenk. Aus dem Fotoband war eine weitere Einnahmequelle geworden. Herr Novak teilte den Gewinn gerecht mit seinen beiden Mitarbeitern. Simon, der sich aus Geld noch nie viel gemacht hatte, war richtig stolz auf dieses Buch, das seinen Selbstwert erheblich hob, aber wie das so seine Art war, zeigte er seine Gefühle nicht in der Öffentlichkeit. In seinem Zimmer stellte er ein Exemplar des Buches mit dem Titel „Wien und Umgebung“ wie ein kleines Heiligtum auf sein Bücherregal und erfreute sich jeden Tag daran.

Die Affäre

Eines Tages war die Hausatmosphäre ziemlich angespannt. Herr Novak hatte wieder einmal Besuch von jener Dame bekommen, die nicht erkannt werden wollte. Aber ihr Ehemann hatte offenbar einen Tipp von einem der Hausbewohner erhalten und war unangemeldet vor der Wohnungstüre aufgetaucht. Gerade als jene Dame die Wohnung des Herrn Novak wieder verlassen wollte, hat er sie bei geöffneter Wohnungstüre zur Rede gestellt und den Herrn Novak nach kurzem Wortwechsel ziemlich handgreiflich in die Wohnung zurückbefördert, was bei Herrn Novak deutliche Spuren im Gesicht zur Folge hatte. Frau Milla hatte diese Entwicklung ja schon lange vorausgesehen und kommentierte sie in vielen Selbstgesprächen sehr ausführlich. Herr Novak hingegen hüllte sich verständlicherweise in eisernes Schweigen. Er konnte in seinem gegenwärtigen Zustand, sprich, mit gebrochenem Nasenbein, nicht vor die Kundschaft treten und musste sich gezwungenermaßen von Simon vertreten lassen, bis die Schwellungen einigermaßen abgeklungen waren und sein Gesicht wieder eine akzeptable Farbe angenommen hatte. Jedenfalls war dieses Kapitel in seinem Leben ein für alle Mal Geschichte.

Simon hatte das Geschäft recht gut weitergeführt und sogar einen schon vereinbarten Termin für ein Familienfoto alleine hervorragend gemeistert. Herr Novak agierte eher im Hintergrund, also in der Dunkelkammer und bei der Buchführung am Schreibtisch. Er war sehr froh, Simon als verlässlichen Partner zu haben, und beteiligte ihn seit diesem Ereignis sogar teilweise am Gewinn.

Auch im Stammcafé Winkler war diese Begebenheit Gesprächsstoff Nummer eins und als Herr Novak hier wochenlang nicht auftauchte, gab es die kuriosesten Vermutungen. Herr Novak aber wollte in seinem Zustand niemandem vor die Augen treten, nur sein besonderer Freund, der Herr Manhart, durfte ihn zu Hause besuchen. Die beiden Herren saßen, wie so oft, im Salon und offensichtlich hatte auch Herr Manhart gute Ratschläge für Herrn Novak bereit. Aber das wäre ohnehin nicht nötig gewesen, denn Herr Novak hatte, nach eigenen Aussagen, jetzt einmal genug vom weiblichen Geschlecht. Das sollte sich aber bald wieder ändern. Und daran war auch Frau Milla nicht unwesentlich beteiligt. Vorerst durch halblaute Selbstgespräche, die aber nicht unbemerkt blieben, was von ihrer Seite auch beabsichtigt war: „Ich sog' ja immer, ein Mann in dem Alter soll nicht allein leben, in einen ordentlichen Haushalt geheert eine ordentliche Frau – nicht so eine Flitscherl mit Schleier vorm Gesicht. Wenn der Herr Novak sich einmol mit meine Nichte treffen kennt, die wär schon recht, ist ein braves Mädl, jung und scheen is sie auch." Das ging tagelang so dahin, bis sich Herr Novak eines Tages nach der wundersamen Nichte erkundigte. „Na, da täten S' schauen, wer die amoi kriegt, hat eine gute Wahl getroffen. Eva heißt sie und ist Tochter von meiner jüngsten Schwester. Ist eine Krankenschwester, fleißig, orbeitet im Krankenhaus und dann immer gleich nach Hause geht zu dene Eltern. Nix umflaniert, so wie andere."

So kam es, dass sich Herr Novak, nachdem sein Gesicht wieder seine ursprüngliche Form und Farbe angenommen hatte, tatsächlich mit der besagten Nichte zu einem unverbindlichen Kennenlernen traf, natürlich in einem Kaffeehaus, das er sonst nicht aufzusuchen pflegte. Man wollte ja nicht gleich einem Bekannten über den Weg laufen und die Gerüchteküche noch weiter befeuern. Und er war durchaus positiv überrascht. Das Mädel war zwar um etliche Jahre jünger als er selbst, aber das hat ja noch nie gestört. Eva war schlank, blond und durchaus geübt in angenehmer Gesprächsführung. Sie hatte ein glockenhelles Lachen und, was dem Herrn Novak besonders gefiel, blaue Augen wie ein klarer Bergsee. Er verliebte sich auf der Stelle in sie.

Frau Milla war begeistert, vielleicht würde sie bald mit ihrem Dienstherrn verwandt sein. Das konnte ja nur von Vorteil sein. Auch ihre Schwester und deren Mann hatten gegen die Verbindung nichts einzuwenden und so wurde bald von Verlobung gesprochen. Nach angebrachter Frist wurde Eva auch in die Wohnung des Herrn Novak eingeladen. Hier stellte sich heraus, dass Eva nicht so prüde war, wie Frau Milla sie beschrieben hatte. Das kam Herrn Novak durchaus entgegen.

Die Mutter des Herrn Novak hatte weniger Glück. Sie war über einen ihrer zahlreichen Teppiche gestolpert und hatte sich den Knöchel gebrochen. Nun war sie nicht mehr so mobil wie gewohnt. Auch als der Gipsverband entfernt werden konnte, musste sie einen Gehstock benützen, der selbstverständlich ebenfalls sehr elegant war und einen Knauf in Form eines Hundekopfes aus Elfenbein hatte. Mehr als sonst war sie nun an ihre vier Wände gebunden, wünschte sich immer öfter die Gesellschaft von Simon und lehrte ihn unterschiedliche Kartenspiele. – Besonders Rummy spielte die alte Dame gerne. Eine Lieblingsbeschäftigung der beiden war es, Schallplatten mit den klassischen Konzerten und Opernarien anzuhören und dabei ein Glas Sherry zu trinken. Simon ging gerne zu der alten Dame – mit Gleichaltrigen hatte er sich ja noch nie besonders gut verstanden. Frau Novak kam wiederum Simons langsame Art zu sprechen sehr entgegen, da sie nicht mehr so gut hörte. So kam es, dass Simon viele seiner Abende bei Frau Novak verbrachte. Herr Novak war ja ohnehin meistens mit seiner jungen Braut beschäftigt.

Zu Jan, ihrem zweiten Sohn, hatte Frau Novak ein eher sporadisches Verhältnis. Dieser Sohn glich ihren Aussagen zufolge mehr ihrem verstorbenen Gatten, der ebenfalls das Fleischergewerbe ausgeübt hatte. Mit Unbehagen erinnerte sie sich an die Todesschreie der Schweine und Rinder, die sie als junge Frau kaum ertragen konnte und die ihr immer noch in den Ohren klangen. Sie hatte zeitlebens den Schlachtraum gemieden und war jetzt froh, dass ihr Sohn die Schlachtungen nicht mehr selbst vornahm. Er bezog die Schweine- und Rinderhälften aus dem Schlachthof St. Marx. Die beiden Enkelkinder, zwei Söhne, waren ganz nach ihrem Vater geraten. Kräftig und pausbäckig und ohne jegliches Verlangen nach Kultur und Bildung waren sie ständig im Betrieb unterwegs und interessierten sich für nichts anderes als für Schlachtvieh und Wurstherstellung: zwei geeignete Nachfolger – immerhin. Ganz anders war ihr Sohn Karel. Er war von Kindheit an eher zart und sensibel in seiner Art. Karel war immer schon kreativ und spontan gewesen, er war aber auch dickköpfig und jähzornig. Ihn zu erziehen war nicht einfach gewesen. Immer verlangte er nach Erklärungen, wenn die Eltern etwas angeordnet hatten, wohingegen Jan einfach machte, was man ihm sagte. Es konnten keinerlei Ähnlichkeiten zwischen den beiden Brüdern festgestellt werden, als ob sie nicht denselben Vater gehabt hätten. Aber das war ein Thema, über das Frau Novak niemals sprach.

Auf einer der beiden Kommoden in Frau Novaks Wohnung standen etliche Familienfotos von den Eltern der Frau Novak, den Söhnen und den Enkelkindern. Ein Foto konnte Simon nicht zuordnen, es zeigte einen sehr jungen Mann in Uniform und mit ernstem Gesichtsausdruck. „Das ist mein jüngster Sohn, der Micha. Er ist gegen Ende des Krieges in Wien gefangen genommen worden und gilt als vermisst. Wir haben nichts mehr von ihm gehört, aber ich weiß, dass er noch lebt, eine Mutter spürt so etwas", sagte Frau Novak mit betont fester Stimme, als wollte sie sich selbst Hoffnung zusprechen. An manchen Tagen brannte vor dem Bildnis von Micha eine Kerze. Simon vermutete, dass das wichtige Tage im Leben von Micha waren, wie sein Geburtstag, aber Simon sprach die gnädige Frau nie mehr darauf an, weil er spürte, dass es immer traurige Erinnerungen für sie waren. Micha hatte vor seinem Kriegseinsatz eine Zuckerbäckerlehre in der Konditorei Engelmaier absolviert. Nur wenige Wochen nach seiner Gesellenprüfung musste er einrücken und war seither nicht mehr nach Hause gekommen. Der Krieg hatte ein Loch in sein junges Leben gerissen, wie bei so vielen Familien in jenen Tagen. Viele Soldaten lagen notdürftig eingescharrt in fremder Erde, die Angehörigen hatten nicht einmal eine Grabstätte für ihre Trauer.

Auch bei der Familie Engelmaier hatte der Krieg mit aller Grausamkeit zugeschlagen. Ihr einziger Sohn Paul, der schon lange als Nachfolger feststand, war gleich zu Anfang der Kriegshandlungen beim Poleneinsatz ums Leben gekommen. Seither hatte Frau Engelmaier ihre Lebensfreude komplett verloren und trug nur mehr dunkle Kleider. Sie hatte auch keine rechte Freude mehr an ihrer Konditorei und hätte sich lieber heute als morgen zur Ruhe gesetzt. „Wozu plagen wir uns noch mit dem Geschäft, wenn es letztlich doch in fremde Hände kommen wird?", klagte sie. Oft saß sie mit Frau Novak in der Konditorei beisammen, um ihren Kummer zu besprechen. Wobei bei Frau Novak, trotz aller Ungewissheit, die Hoffnung noch zaghaft am Leben war.

Herr Novak meinte, dass es für Simon jetzt an der Zeit sei, vor der Berufsinnung der Fotografen eine entsprechende Prüfung abzulegen, um auch offiziell selbstständig arbeiten zu dürfen, was er ja ohnehin schon oft tat. Simon traute sich aber eine mündliche Prüfung nicht recht zu, denn er hatte Angst, vor der Prüfungskommission zu versagen und sich lächerlich zu machen. Herr Novak zerstreute seine Bedenken. Er kenne den Vorstand der Prüfungskommission persönlich gut und werde ihn entsprechend über Simons sprachliche Schwierigkeiten informieren. Simon hatte ja einiges vorzuweisen: Der gemeinsame, erfolgreiche Fotoband und besonders die einzigartigen Aufnahmen von Kleinlebewesen sprachen für sich. Aber auch die Aufnahmen im Atelier und bei Hochzeiten und Jubiläen sowie Porträts, die nachweislich von Simon aufgenommen worden waren, waren von guter Qualität und Simon hatte dabei auch manchmal neue Wege beschritten.

Mit Herzklopfen betrat Simon eines Tages das Gebäude der Berufsinnung der Fotografen, „bewaffnet" mit seinen besten Fotografien und dem Bildband „Wien und Umgebung", der ohnehin bei den Prüfern bekannt war. Er bestand die Prüfung beim ersten Versuch mit Lob und Auszeichnung. Das war ein großes Erfolgserlebnis und bedeutete Simon sehr viel. Seine bestandene Prüfung wurde zu einem Höhepunkt in seinem Leben! – Ein Kind, das ursprünglich als geistig zurückgeblieben und schwachsinnig eingestuft worden war, hatte bewiesen, dass es selbstständig zu leben und zu arbeiten imstande war und gut für sich selbst sorgen konnte. Simon wünschte sich, dass seine Mutter diesen Erfolg erleben hätte können, aber vielleicht konnte sie ja aus der Ewigkeit heraus an seiner Freude teilhaben. Wer weiß? Simons erfolgreiche Prüfung wurde in der Konditorei Engelmaier ausgiebig gefeiert. Auch Frau Novak nahm daran teil und war sichtlich stolz auf ihren jungen Schützling.

Nicht lange danach konnte Simon beweisen, dass er imstande war, einen kompletten Auftrag allein zu erfüllen. Bei der Hochzeit von

Herrn Novak mit seiner Eva wurde er beauftragt, sämtliche Fotografien sowohl am Standesamt als auch in der Kirche anzufertigen. Auch die Fotos mit der ganzen Gesellschaft und dem Brautpaar gelangen ihm sehr gut. Die Nachricht, dass sich Herr Novak entschlossen hatte, in den Stand der Ehe zu treten, löste unter seinen Freunden zunächst großes Erstaunen aus, galt doch Karel als überzeugter Junggeselle. Alle seine Freunde aus der Männerrunde des Kaffeehauses Winkler waren bei der Hochzeit eingeladen und sein langjähriger Freund, der Herr Manhart, war einer der beiden Trauzeugen. Zwei Tage nach den Feierlichkeiten begab sich das junge Paar auf Hochzeitsreise in den Süden (nach Kärnten) und Simon hatte den Betrieb alleine zu führen. Das war mittlerweile kein Problem mehr.

Als Simon wieder einen Abend bei der gnädigen Frau verbrachte, schnitt diese ein Thema an, das ihn auch selbst schon beschäftigt hatte, denn er hatte in den letzten Tagen damit begonnen, sich nach einer geeigneten Wohnung umzusehen. Das wollte Frau Novak nun gar nicht akzeptieren und sie machte den Vorschlag, dass Simon in ihre geräumige Wohnung einziehen könne, von der sie bei Weitem nicht alle Räume für sich selbst nützte. Außerdem wollte sie bemerkt haben, dass die junge Frau mit ziemlicher Sicherheit guter Hoffnung sei und bald Platz für ein Kinderzimmer vonnöten sein würde. Diese Idee der Frau Novak hatte etwas für sich. Simon würde in der gewohnten Umgebung bleiben können. Er liebte Veränderungen ja nicht, weiters wäre die Nähe zum Betrieb sehr vorteilhaft. So kam man überein, dass Simon noch während der Abwesenheit des jungen Paares das Stockwerk wechseln und ein geräumiges Zimmer bei der gnädigen Frau beziehen würde. Vorausschauend versprach sich Frau Novak von der vermehrten Anwesenheit Simons Fürsorge und Hilfe, die sie immer mehr nötig haben würde. Simon hatte sich auch bisher schon als ein geduldiger und kultivierter junger Mann erwiesen. Beim Umzug halfen Frau Milla und ihr Mann eifrig mit. Simon hatte nur wenig persönliches Eigentum und das Zimmer im zweiten Stock war komplett mit Möbeln ausgestattet.

Bei ihrer Rückkehr von der Hochzeitsreise zeigten sich Herr Novak und seine Frau Eva überrascht von Simons Übersiedlung, aber sie waren auch erleichtert und erfreut über den Raumgewinn, der ihnen jetzt recht gelegen kam, denn Frau Novak hatte recht gehabt, es wurde Nachwuchs erwartet. Nun hatten also Simon und Mephisto das Stockwerk gewechselt und alle Beteiligten fühlten sich dabei recht wohl.

Michas Heimkehr

Es war der zweite Donnerstag im September 1956, während Simon alleine im Geschäft stand und Herr Novak in der Dunkelkammer zu tun hatte, als ein Wagen des Roten Kreuzes vor dem Geschäft einparkte, ein Mann und eine Frau aus dem Fahrzeug ausstiegen und das Geschäft betraten. Sie fragten nach Frau Elsa Novak. Simon erwiderte, dass sich die gnädige Frau in ihrer Wohnung aufhalte und nur eingeschränkt mobil sei, aber er könne ihren Sohn, den Inhaber des Geschäfts, Herrn Karel Novak, herbeirufen, wenn es sich um eine wichtige Angelegenheit handelte. Herr Novak sei gerade in der Dunkelkammer beschäftigt. Ja, es sei sehr wichtig und die Anwesenheit von nahen Angehörigen dringend erforderlich.

So ging Simon zur Dunkelkammer und informierte Herrn Novak durch die geschlossene Tür von dem Anliegen zweier Mitarbeiter des Roten Kreuzes. Er komme „in einer Sekunde", versprach Herr Novak und erschien einige Minuten später im Geschäft. Die Leute des Roten Kreuzes zeigten ihre Ausweise vor und wollten, dass sich Herr Novak ebenfalls auswies und als ein Sohn von Frau Novak deklarierte. Nachdem die Formalitäten abgeschlossen waren, wurde Herr Novak darüber informiert, dass sein jüngerer Bruder vor mehreren Wochen aus der russischen Gefangenschaft zurückgekehrt sei und sich nun in Wien in einem Sanatorium aufhalte. „Warum erfahren wir das erst jetzt? Meine Mutter wird sich unendlich freuen. Sie hat immer an eine Rückkehr unseres Bruders geglaubt! Um welches Sanatorium handelt es sich?" Es sei gar nicht so einfach gewesen, die Identität des jungen Mannes festzustellen, da er sich selbst dazu nicht äußern könne. Dieser junge Mann sei in einem erbärmlichen Zustand mit einem der letzten Gefangenentransporte in Wien eingetroffen, und auch die Begleitpersonen könnten zu seiner Identität keinerlei Angaben machen. Man wisse auch nicht, aus welchem Lager er komme, und es gebe keine weiteren Angaben.

Eine Identitätsmarke oder Ausweispapiere seien bei ihm nicht gefunden worden. Erst anhand von Vermisstenlisten sei man auf seine Familie aufmerksam geworden und nun ziemlich sicher, dass es sich bei dem Betreffenden um Micha Novak handele. Leider müsse man der Familie mitteilen, dass Herr Micha Novak in der Nervenheilanstalt am „Steinhof“ untergebracht werden musste, weil er nicht mehr Herr seiner Sinne sei und an schweren Depressionen und massiven Sinnesverwirrungen leide. Er sei nicht mehr in der Lage, sinnvoll zu sprechen, und man müsse Tag und Nacht achtgeben, dass er sich nicht selbst oder auch andere Personen verletze. Damit alle Zweifel ausgeschlossen werden könnten, sei es allerdings nötig, dass Micha Novak von einem nahen Angehörigen identifiziert werde. Das könne man der Mutter keinesfalls zumuten; und Herr Novak versprach, gemeinsam mit seinem Bruder Jan in den nächsten Tagen das Nervensanatorium aufzusuchen. Der Mutter wollte er vorerst nichts davon sagen. Nachdem die Leute vom Roten Kreuz weggefahren waren, eilte Herr Novak unverzüglich in die Fleischerei, um seinen Bruder zu informieren. Der stand ahnungslos hinter der Verkaufstheke und begrüßte seinen Bruder mit den launigen Worten: „Na, warum gar so eilig, hast an Hunger?“
„Wir müssen reden – sofort!“
Nachdem Herr Novak seinem Bruder die ganze Geschichte erzählt hatte, meinte der: „Das bringt die Mama um, wir sagen ihr nix.“ Gleich am nächsten Tag machten sich die beiden Brüder auf den Weg zu der am Rande der Stadt gelegenen Nervenheilanstalt.

Keiner der beiden war vorher am Steinhof gewesen und sie waren erstaunt, wie weitläufig das Gelände war. Es war wie eine abgeschlossene Welt, umgeben von Parkanlagen, mit Küchentrakt, Werkstätten und Veranstaltungssaal. Es gab auch eine wunderschöne Jugendstilkirche. Aber dafür hatten die beiden Brüder verständlicherweise kein Interesse. Nachdem sie sich angemeldet und ausgewiesen hatten, wurden sie von einem weiß bekittelten Pfleger zu einem weit entfernten Pavillon geführt, der sie schon im Vorhinein darauf vorbereitete, dass es nicht einfach war, was sie nun gleich erwartete.

Nachdem sie unendlich lange Gänge entlanggeschritten waren, blieben sie vor einer Tür stehen: „Es ist ein Einzelzimmer", informierte sie der Pfleger. Vorerst schauten sie nur durch ein kleines Sichtfenster, das in der gut gesicherten Tür eingebaut war. Der junge Mann, der sich dahinter befand, war in einem erbärmlichen Zustand. Die Anstaltskleidung schlotterte an seiner ausgehungerten Figur und er ging unruhig wie ein eingesperrtes Raubtier in seinem Käfig hin und her. Manchmal blieb er stehen und starrte durch das vergitterte Fenster in den Garten hinaus. Er war kaum zu erkennen, aber es war eindeutig ihr jüngerer Bruder Micha. Seine Gesichtszüge hatten sich wenig verändert, nur schrecklich mager war er geworden. „Das ist ja grauenhaft, was hat man mit ihm gemacht? Ich werde da jetzt zu ihm hineingehen!", meinte Karel und der Pfleger öffnete die Tür. Auf Anraten des Pflegers blieb Jan vor der Türe stehen, um den Patienten nicht mit zu vielen Personen zu überfordern. Der Pfleger ging allerdings mit hinein, „sicherheitshalber", wie er anmerkte.

Die Einrichtung bestand nur aus einem Bett, einem Tisch und einem Sessel. In einer Ecke stand ein Eimer – das war alles. „Micha – erkennst du mich? Ich bin es, Karel, dein Bruder", sprach Karel leise und ging einen Schritt auf seinen Bruder zu. Der drehte sich zwar um, blickte aber nur verständnislos an ihm vorbei und kauerte sich dann in einer Ecke des Zimmers wie ein Häufchen Elend zusammen. Er hatte beide Handgelenke verbunden und klopfte mit den

Fäusten gegen seine Stirn. Karel wollte ihm die Hand auf die Schulter legen, aber der Pfleger hielt ihn zurück. „Nicht berühren – das verträgt er nicht! Er hat Narben am ganzen Körper, offensichtlich ist er gefoltert worden."

Karel wollte das nicht, aber als er wieder auf den Gang hinaustrat, schossen ihm die Tränen in die Augen. „Das ist ja schrecklich! Unser kleiner Micha war immer friedfertig und hat sicher niemandem etwas zuleide getan. Warum hat man ihn so zugerichtet?"
„Solche Fälle haben wir mehrere, die Gefangenen in den Lagern wurden so lange verhört und geschunden, bis sie irgendwelche Namen nannten; und da traf es oft einfache Soldaten, die ganz unschuldig waren. So war das im Krieg, das habe ich selbst erlebt", meinte der Pfleger und schob die Ärmel seines weißen Kittels ein Stück hinauf, sodass man einige runde Brandnarben sehen konnte. „Zigaretten", sagte er nur.
„Wir wollen den zuständigen Arzt sprechen", meinte Jan.

Sie wurden in ein Besprechungszimmer geführt, das sich im unteren Stockwerk des Pavillons befand. Der Pfleger meldete sie an, und nach kurzer Wartezeit wurden sie vorgelassen. Der Arzt war ein älterer, weißhaariger Herr mit einer dunklen Brille und markanten Gesichtszügen. „Mein Name ist Professor Markus. Ich bin der behandelnde Arzt. Sie sind sich beide sicher, dass es sich bei dem Patienten um Ihren Bruder handelt?" Als die beiden das bestätigten, wollte Dr. Markus einige Informationen bezüglich ihres Bruders haben. Wann und wo er geboren wurde, welche Krankheiten er gehabt hatte, wann der Vater verstorben sei, ob er als Kind irgendwelche Besonderheiten im Verhalten gezeigt habe und so weiter. Jan und Karel wollten wissen, wie ihr Bruder nun behandelt werden würde und ob es Hoffnung auf eine Verbesserung seines

Zustandes gab. „Ihr Bruder ist gründlich untersucht worden und abgesehen von einer massiven Unterernährung ist kein gravierender körperlicher Schaden diagnostiziert worden. Die Narben am Rücken sind verheilt und dürften ihm keine Probleme mehr bereiten. Allerdings ist sein psychischer Zustand besorgniserregend. Er hat offensichtlich Schreckliches erlebt und leidet unter fürchterlichen Panikattacken und an Schlaflosigkeit. Wir behandeln ihn mit Medikamenten, die ihm einige Stunden der Ruhe und des Schlafes ermöglichen. Ihr Bruder ist ja noch jung. Da kann es manchmal schon gute Heilungserfolge geben, aber das kann sehr lange dauern. – Ich will Ihnen keine falschen Hoffnungen machen. Ihr Bruder ist ein schwerer Fall. Besonders erschwerend kommt hinzu, dass er mit niemandem sprechen will und wir aufpassen müssen, dass er sich nicht selbst verletzt. Er hat offensichtlich keinen Lebenswillen mehr. Auch die Nahrungsaufnahme lehnt er weitgehend ab. Wissen Sie vielleicht, was er vor dem Kriegseinsatz besonders gerne gegessen hat? Denn wenn er nicht bald von sich aus essen will, müssen wir mit einer Zwangsernährung beginnen."
„Marzipankartoffeln aus der Konditorei Engelmaier", erinnerte sich Karel. „Die hat er immer besonders gemocht. Ich werde gleich morgen welche vorbeibringen."
Es wurde ein ausführliches Gespräch und die beiden Brüder hatten den Eindruck, dass sich Dr. Markus um seine Patienten sehr sorgte und bemüht war, ihnen eine professionelle Behandlung zukommen zu lassen. Erschüttert und schweigend machten sich die beiden Brüder wieder auf den Heimweg. – Die Mutter durfte dieses Elend nicht zu Gesicht bekommen, da waren sie sich einig.

Gleich am nächsten Tag besorgte Jan die Marzipankartoffeln aus der Konditorei und machte sich wieder auf den Weg zum Nervensanatorium. Simon, der ja das Gespräch mit den Rotkreuzleuten mitgehört hatte, wurde angewiesen, Frau Novak gegenüber kein Sterbenswort zu sagen. Die Mutter, die immer davon überzeugt gewesen war, dass ihr Micha noch am Leben sei, und damit wohl recht gehabt hatte, sollte vorerst noch verschont bleiben, mindestens so lange, bis sich Michas Zustand verbessert hätte. Als Karel zum zweiten Mal Michas Zimmer betrat, bot sich ihm ein unverändert trostloses Bild. Wieder kauerte Micha in einer Ecke und starrte teilnahmslos vor sich hin. Karel setzte sich zu ihm auf den Boden und sprach ihn leise an: „Micha, ich hab dir etwas mitgebracht, die Marzipankartoffeln, die isst du doch so gerne." Er reichte seinem Bruder eine der süßen Kugeln und Micha nahm sie in die Hand. Er führte sie zu seinem Gesicht und roch daran. Der Geruch der Süßigkeit aktivierte offenbar sein Erinnerungsvermögen und er biss vorsichtig hinein ... und dann – aß er. Er steckte die Süßigkeit in den Mund, dann nahm er sich noch eine und Karel hatte kurz den Eindruck, dass er ein wenig lächelte. „Ich soll dich von Jan grüßen und auch von Mama", log er. Da schaute ihm Micha erstmals ins Gesicht und sagte: „Mama."

Von nun an wechselten sich Karel und Jan wöchentlich ab, um ihren Bruder zu besuchen. Sie besprachen sich regelmäßig mit dem Pfleger. Um sicherzugehen, dass der ihren Bruder aufmerksam und rücksichtsvoll behandelte, brachten sie regelmäßig Geschenke aus der Fleischhauerei mit. Fleisch, Würste und Speck wurden gerne angenommen. Der Pfleger hatte eine kleine Familie und eine alte Mutter zu versorgen und freute sich über die Lebensmittel, die immer noch ziemlich rar waren in diesen Tagen.

Mit Micha ging es langsam bergauf. Wenigstens aß er nun schon kleine Portionen, allerdings vorzugsweise süße Sachen, aber das war schon immer so gewesen. Die Mutter hatte ihn immer „Zuckergoscherl" genannt. Die Antidepressiva konnten schrittweise reduziert werden, denn Micha wurde tagsüber zunehmend ruhiger. In den Nächten fuhr er allerdings oft schweißgebadet auf und schrie wie von Schmerzen gepeinigt.

Jan und Karel wurde erlaubt, mit Micha das Zimmer kurzzeitig zu verlassen und mit ihm einige Schritte auf den Gang hinauszugehen. Da zeigte sich, wie geschwächt sein Körper immer noch war. Mehr als ein paar Minuten hielt er nicht durch, dann musste er sich wieder ausruhen. Als es im Frühjahr zunehmend wärmer wurde, konnten sie gemeinsam mit Micha eine Terrasse aufsuchen und Micha wurde, in eine Decke eingewickelt, in einen Liegestuhl gesetzt. Das gefiel ihm. Die Brüder hatten den Eindruck, dass Micha Freude zeigte, wenn sie ihn besuchten, jedenfalls lächelte er bei ihrem Eintreffen, manchmal nannte er auch ihre Namen. Im Frühjahr erweiterten sie ihre Spaziergänge in den weitläufigen Naturpark hinein, der das Gelände umgab, und Micha hielt jetzt auch schon länger durch, zumindest bis zur nächsten Parkbank. Da saßen sie dann, genossen die Sonnenstrahlen und Micha verspeiste die mitgebrachten Marzipankartoffeln. Aber zusammenhängend sprechen konnte er noch immer nicht. Jan und Karel übten mit ihm einzelne Worte, wie mit einem Kleinkind.

Mitte Mai war Eva so weit, dass sie entbinden sollte. Jedenfalls war ihr Körperumfang so weit gewachsen, dass es nicht mehr lange dauern konnte. Alles war vorbereitet, die Babywäsche und der Stubenwagen, die kleine Badewanne und ein neuer Kinderwagen. – Es fehlte nur noch das Kind. Als die Wehen einsetzten, war die gesamte Familie in Aufregung. Herr Novak beeilte sich, mit seiner Frau das Krankenhaus zu erreichen, obwohl sich die Entbindung noch lange hinziehen sollte. Die ganze Nacht kamen die Wehen, einmal stärker, dann wieder kaum merkbar und mit großen Abständen, es war schon sehr mühsam. Als nach beinahe zehn Stunden noch immer kein wesentlicher Fortschritt beim Entbindungsvorgang zu bemerken war und die Herztöne des Kindes schwächer wurden, benachrichtigte die Hebamme den diensthabenden Arzt, der nach einer weiteren Stunde entschied, dass ein Kaiserschnitt vorgenommen werden müsse. Das machte Eva Angst, aber andererseits war sie froh, dass die schmerzliche Tortur nun beendet werden würde, denn sie war am Ende ihrer Kraft. So kam die kleine „Rosalie" mithilfe von Narkose und Skalpell auf die Welt. Die Kleine machte ihrem Namen alle Ehre, denn dadurch, dass sie die Strapazen eines engen Geburtsvorgangs nicht hatte erleben müssen, war sie von der ersten Minute an ein wunderschönes und rosiges Baby, das von Tag zu Tag noch hübscher wurde.

Herr Novak war stolz wie ein „Schneekönig" (das waren die Worte seines Bruders Jan) und feierte die Ankunft seiner kleinen Prinzessin ausgiebig im Café Winkler, gemeinsam mit seinen Freunden, die seine Anwesenheit seit seiner Hochzeit ohnehin schon vermisst hatten. Eva erholte sich von der Operation nur langsam und musste länger als üblich im Krankenhaus verbleiben. Auch Großmutter Elsa freute sich sehr über das hübsche Mädchen. Sie legte zu ihren Gunsten ein Sparbuch an, das für Rosalies Heiratsausstattung gedacht war. „Ist das nicht ein bisschen früh?", meinte Karel. Aber die stolze Großmutter beharrte wie immer auf ihrem Standpunkt, nämlich dass die Jahre schnell vergingen und ihre Enkeltochter einmal eine ausgesprochen gute Partie werden sollte!

Die Diagnose

So gingen die Wochen dahin und in Michas Zustand waren nur sehr zaghafte Fortschritte zu bemerken. Manchmal hatten die beiden Brüder den Eindruck, dass Micha aufnahmebereiter und lebhafter erschien, aber oft zeigte er sich lethargisch und nicht ansprechbar, wie in einer eigenen Welt gefangen. „Wir können der Mutter die Wahrheit auf die Dauer nicht verheimlichen. Wer weiß, ob Micha jemals wieder ein normales Verhalten entwickeln wird", meinte Jan und Karel musste ihm recht geben. So vereinbarten die Brüder ein gemeinsames Treffen in der Wohnung ihrer Mutter. Sie hatten beide ein sehr unsicheres Gefühl dabei. Frau Novak war ebenfalls etwas mulmig zumute, als sich die drei eines Nachmittags wie vereinbart in ihrem Salon zusammensetzten. Sie ahnte natürlich, dass etwas Wesentliches besprochen werden sollte; und solche Dinge waren ihrer Erfahrung nach selten positiv.

„Also, was ist los? Ihr wollt mir doch etwas sagen."

„Ja, Mama, du wirst dich sicher freuen, wenn wir dir sagen, dass Micha wieder da ist – aber ..."

„Was aber, wo ist er denn?"

„Reg dich nicht so auf, Mama! – Micha ist krank, sehr krank, Mama."

„Wo er ist, hab' ich gefragt, und warum kommt er nicht nach Hause?"

„Micha muss im Krankenhaus bleiben, er ist nicht mehr so, wie du ihn in Erinnerung hast."

So ging das eine Weile hin und her, bis endlich die ganze Wahrheit gesagt war.

Da saß Frau Novak wie erstarrt auf ihrem Sessel und sagte dann: „Bringt mich sofort zu ihm." Als sie daraufhin die Fahrt zur Nervenheilanstalt antraten, sprach keiner von ihnen auch nur ein Wort.

„Bevor du in sein Zimmer gehst, solltest du mit dem Arzt, dem Dok-

tor Markus, sprechen. Der kennt Micha sehr gut und wird dir alles besser erklären, als wir das können", meinte Karel.
„Ich bin seine Mutter, wer sollte ihn besser kennen als ich?", war die Antwort der Frau Novak.
Aber schließlich ließ sie sich doch überreden, vor ihrem Besuch bei Micha mit dem Arzt zu sprechen. Jan und Karel hatten allerdings den Eindruck, dass ihre Mutter die volle Wahrheit gar nicht so genau erfahren wollte. Als die Zimmertüre aufgesperrt wurde, saß Micha wieder einmal in seiner Ecke und starrte hinein in eine Welt, die nur er sah. Frau Novak, die darauf bestanden hatte, alleine das Zimmer zu betreten, sprach ihn vorsichtig an und berührte ihn an der Schulter, was er sich erstaunlicherweise ohne Abwehrbewegungen gefallen ließ.
„Micha, schön, dass du wieder da bist, ich bin es – deine Mama."
„Mama!" – stöhnte Micha auf und begann zu weinen.

Frau Novak nahm seinen Kopf in ihre Arme und wiegte ihn wie ein kleines Kind. „Ist ja gut, mein Kleiner, ist ja schon gut!" Auch bei Frau Novak flossen nun die Tränen.
Karel und Jan, die vor der Türe durch das Sichtfenster die Begegnung beobachtet hatten, konnten ihre Tränen ebenfalls nicht zurückhalten. Dann begann Frau Novak so mit ihrem jüngsten Sohn zu sprechen, als ob nicht Jahre seit ihrem letzten Zusammensein vergangen wären. Sie erzählte von alltäglichen Begebenheiten aus ihrem Leben. Sie sprach von den beiden Brüdern, vom Kater Mephisto, von Simon, von der Fleischhauerei und dem Fotostudio und besonders lange erzählte sie, dass Karel nun verheiratet sei und eine kleine Tochter bekommen habe, die Rosalie hieß, und er, Micha, nun Onkel geworden sei. – Und Micha beruhigte sich zusehends und blickte seiner Mutter direkt in die Augen, was er bei anderen Menschen nicht oft tat. Frau Novak blieb eine ganze Weile bei

Micha im Zimmer, bis der aufstand und sich ins Bett legte. Da deckte sie ihren Sohn liebevoll zu und sprach: „Ja, schlaf jetzt, Micha! – Morgen komme ich wieder."
Und das tat Frau Novak auch. Wenn keiner der Brüder Zeit hatte, sie in die Nervenanstalt zu fahren, nahm sie sich ein Taxi und besuchte ihren Jüngsten mehrmals in der Woche. Simon begleitete sie dabei, denn die alte Dame brauchte Unterstützung beim Gehen. Wenn es das Wetter zuließ, unternahmen sie zu dritt kurze Spaziergänge in den Park und Frau Novak blieb dabei, Micha jedes Mal Belanglosigkeiten aus ihrem Leben zu erzählen, als wäre die Situation ganz normal.

Doktor Markus, der diese Art von „Gesprächstherapie" schon mitbekommen hatte, meinte, dass kein Therapeut es besser machen könne und Micha dadurch, wenn schon nicht geheilt in üblichem Sinne, so doch beruhigt und stabilisiert wurde. Seine Panikattacken und seine Schlaflosigkeit besserten sich langsam. Aber eine vollkommene Normalisierung im Verhalten war, wenn überhaupt möglich, so doch in weiter Ferne. Ob Micha jemals wieder für sich selbst sorgen könne oder gar imstande wäre, einen Beruf auszuüben, das wisse nur Gott alleine – wie Dr. Markus sich ausdrückte.
Frau Novak kam auch niemals mit leeren Händen. Sie brachte jedes Mal Kuchen oder andere süße Mehlspeisen und natürlich auch die von Micha so geliebten Marzipankartoffeln mit. Micha nahm nach und nach an Körpergewicht zu, weil er jetzt auch die übliche Nahrung nicht mehr rigoros ablehnte. Frau Novak hatte am Dachboden Nachschau gehalten und Michas alten Teddybären aufgespürt. Es war rührend zu sehen, wie sehr sich Micha über dieses Stofftier freute, das ihn offensichtlich an seine Kindheit erinnerte. Er nahm diesen kleinen Bären mit ins Bett und sprach mit ihm. Micha war derzeit offenbar auf der Entwicklungsstufe eines kleinen Kindes.

Frau Novak war jedenfalls sehr froh, dass sie Simon als Begleiter hatte, denn ihre beiden anderen Söhne hatten ja ihre Familien und waren beruflich ziemlich eingespannt. Simon war zwar weiterhin im Fotoatelier tätig, konnte sich aber für die Besuche bei Micha die Zeit so weit selbstständig einteilen, dass er Frau Novak fast immer begleiten konnte. Wie lange Michas Aufenthalt in der Nervenheilanstalt noch notwendig sein würde, konnte niemand mit Sicherheit vorhersagen. Sosehr sich Frau Novak auch wünschte, ihren Micha wieder mit nach Hause nehmen zu können, so war sie doch Realistin genug, die Situation so einzuschätzen, dass er zurzeit in der Anstalt besser aufgehoben war. Micha benötigte Betreuung und Beaufsichtigung rund um die Uhr und sie selbst war ja auch nicht mehr die Jüngste.

Jan und Karel waren froh, dass sie der Mutter endlich reinen Wein eingeschenkt hatten und nun mit ihr offen über die Situation sprechen konnten. Ihre Mutter hingegen verzieh ihnen zunächst nicht, dass sie mit der Wahrheit so lange hinter dem Berg gehalten hatten, aber sie verstand allmählich die Beweggründe ihrer Söhne. Sie hatten auf eine schnellere Besserung bei Micha gehofft und wollten der Mutter seinen gegenwärtigen Zustand nicht zumuten. „Eine Mutter kann ihr Kind immer aushalten – ganz egal wie es beisammen ist! Das könnt ihr euch merken!", meinte Frau Novak mit Nachdruck. Sie nahm sich aber auch für Simon wieder mehr Zeit und sie genossen gemeinsam ihre „musikalischen Abende", die durch die umfangreiche Schallplattensammlung von Frau Novak abwechslungsreich und niveauvoll ihren Alltag bereicherten.

In der gleichen Etage wie Frau Novak wohnte Professor Herlach, ein alter Herr. Seine Wohnung war kleiner als die von Frau Novak, aber keiner der anderen Hausbewohner hatte sie jemals betreten.

Frau Milla wusste über diesen Mann nur wenig zu berichten, das war allerdings sehr seltsam, da sie ja sonst über alle Mieter genau Bescheid wusste. Sie meinte nur zu wissen, dass es angeblich einen Sohn gab, der wiederum angeblich in Deutschland wohnte. Diesen angeblichen Sohn hatte aber bisher noch niemand im Haus zu Gesicht bekommen. Vor seiner Pensionierung war Professor Herlach im Schulbereich tätig gewesen und hatte Latein und Griechisch am Gymnasium unterrichtet. Er war immer schon ein Sonderling und Einzelgänger gewesen, aber seit dem Tod seiner Frau vor zwei Jahren hatte er sich noch mehr von seiner Umgebung abgeschottet. Zu den anderen Hausbewohnern hatte er so gut wie keinen Kontakt, auch zu Frau Novak nicht, die praktisch Tür an Tür mit ihm wohnte. Es reichte gerade für ein kurzes „Guten Tag", wenn sie sich zufällig trafen. Seit seine Frau nicht mehr lebte, ging der Herr Professor täglich in die nahe Gaststätte „Zum Krug" zum Mittagessen. Wie er darüber hinaus seine Zeit verbrachte, war nicht bekannt.

Seit zwei Tagen war Herr Professor Herlach nicht im „Krug" aufgetaucht. Das kam dem Wirt schon etwas seltsam vor. Er schickte seinen Hilfskellner Oskar in das Wohnhaus, um an der Wohnungstüre zu klingeln. Oskar kam allerdings ohne brauchbares Resultat zurück. Er hatte nur gehört, dass in der Wohnung das Radio ziemlich laut lief. Nun machte sich der Wirt selbst auf den Weg in das Nachbarhaus, auch er lauschte an der Wohnungstüre des Professors und konnte ebenfalls nur das Radio hören. Daraufhin klingelte er bei Frau Novak, die über ihren langjährigen Nachbar auch nicht mehr zu berichten wusste, als dass dieser keinen Kontakt zu den anderen Hausbewohnern pflegte und sie die Situation ebenfalls als besorgniserregend einstufe. Es blieb also nichts anderes übrig, als die Polizei zu verständigen. Nachdem die Polizisten die Haustüre geöffnet hatten, wusste man Bescheid. Herr Professor Herlach war tot.

Er war, komplett bekleidet, im Badezimmer zusammengebrochen. Eventuell wollte er sich gerade auf den Weg zur Gaststätte machen. Als ein Arzt den Totenschein ausgestellt und die Kriminalpolizei ein Fremdverschulden am Tod des Herrn Herlach ausgeschlossen hatte, wurde der Leichnam abtransportiert.

Aber was nun? Ein Verwandter war nicht bekannt. Doch dem Meldeamt gelang es, Kontakt zu den Behörden in Deutschland aufzunehmen, und – siehe da – ein leiblicher Sohn des Herrn Herlach wurde ausfindig gemacht. Er wohnte in München und war damit der logische Erbe des Vermögens seines Vaters, das sich nachträglich als beträchtlich herausstellte. Es war reichlich Bargeld und Schmuck vorhanden. Das alles lag in einem Schließfach auf einer Wiener Bank, das im Testament gemeinsam mit der Schließfachnummer angeführt war. In diesem Testament wurde auch der Name des Sohnes genannt, allerdings ohne Angabe einer genauen Adresse. Offensichtlich kannte Herr Herlach die aktuelle Anschrift seines Sohnes selbst nicht. Wer wusste schon, wie es zu diesem hartnäckigen Zerwürfnis zwischen Vater und Sohn gekommen war? Frau Milla stellte allerdings sofort die abenteuerlichsten Vermutungen an, die alle angeblichen Charakter hatten.

Herr Professor Herlach wurde neben seiner Gattin bestattet, denn auch die Grabstätte war von ihm bereits ausgesucht und bezahlt worden. In den ebenfalls bereits vorhandenen Grabstein war schon sein Geburtsdatum eingraviert, sodass nur mehr das Sterbedatum nachgraviert werden musste. So hatte es der Herr Herlach seinem Sohn mehr als einfach gemacht, seinen Tod zu verwalten, obwohl sich dieser so gut wie nie um seine Eltern gekümmert hatte. Beim Begräbnis am Wiener Zentralfriedhof standen nur die Beamten der Bestattung und Herlach junior vor der offenen Grabstätte, denn ein kirchliches Begräbnis war testamentarisch vom Herrn Professor ausgeschlossen worden. Da die Wohnung in der Burggasse eine Mietwohnung war und der Sohn keinerlei Ansprüche darauf geltend machte, fiel diese wiederum der Hausbesitzerin, also der Frau Novak zu, die auch gleich einen Verwendungszweck bekanntgab. Simon sollte ab sofort in diese Wohnung einziehen. Der Sohn des Herrn Herlach nahm einen Teil der vorhandenen Möbel mit nach München, der Rest konnte von Simon verwendet werden. Diese Wohnung war für ihn ein weiterer Schritt in die Selbstständigkeit und er war stolz darauf, jetzt einen eigenen Wohnungsschlüssel zu besitzen. Frau Novak hatte eine bestimmte Absicht hinter diesem Plan. Sie hoffte darauf, dass ihr Sohn Micha eines Tages aus der Nervenanstalt entlassen werden würde und dann in die weitläufige Wohnung seiner Mutter einziehen könnte, in jenes Zimmer, das Simon bisher bewohnt hatte. Das war also ihr Plan und darauf hoffte sie mit ihrer ganzen mütterlichen Zuversicht.

Nach wie vor besuchte sie ihren Sohn mit der Beharrlichkeit und Treue, zu der nur eine Mutter fähig ist, oft begleitet von Simon, dessen Unterstützung sie immer mehr nötig hatte. Sie wollte auch in regelmäßigen Abständen mit Dr. Markus sprechen und hoffte jedes Mal auf eine positive Diagnose, die allerdings noch immer auf sich warten ließ. Simon fiel auf, dass ihn Dr. Markus oft intensiv musterte, was Simon eher als unangenehm empfand. Bald stellte sich aber heraus, was das Interesse des Arztes an Simons Person geweckt hatte. Eines Tages nämlich wollte der Arzt Frau Novak alleine sprechen. Er hatte fälschlicherweise angenommen, dass Simon ein weiterer Sohn der Familie sei. „Mein Sohn ist er nicht, aber er ist mein Schützling, der es bisher nicht leicht hatte in seinem Leben und meine Hilfe und Zuwendung sehr nötig hat. Ich schätze ihn sehr, aber wenn der Herr Professor meint, dass Simon an einer psychischen Störung leidet, so bin ich selbstverständlich damit einverstanden, dass dem näher nachgegangen wird." Daraufhin überredete der Herr Professor Simon, sich für Diagnosegespräche zur Verfügung zu stellen, und vereinbarte sogleich mehrere Sitzungen mit ihm. Simon könne die Gespräche jederzeit abbrechen, wenn die Situation zu belastend für ihn werde. Während also Frau Novak ihren Sohn Micha besuchte, setzte sich der Herr Professor mit Simon in einem eigenen Therapieraum zusammen und es begannen ausführliche Gespräche, bei denen Dr. Markus geduldig zuhörte und Simon erzählte.

Vorerst fiel es Simon nicht leicht, sich zu öffnen. Aber in Laufe der Zeit entstand ein Vertrauensverhältnis, das Gedanken hervorholte, die in der Tiefe wohnten und über die er noch niemals gesprochen hatte, nicht einmal mit sich selbst. Das erste Mal erzählte Simon aus seinem bemerkenswerten Leben: von seiner Kindheit, von seiner liebevollen Mutter, die ihn immer beschützt hatte, dem gewalttätigen Vater, den Problemen in der Schule, von seiner Unfähigkeit zu sprechen und der Vermutung, dass er schwachsinnig und stumm sei. Die Erinnerungen an die Erlebnisse im „Kinderheim", das ja in Wahrheit eine Tötungsanstalt war, und der Tod der Mutter waren für Simon noch so lebendig, dass der Herr Professor ehrlich erstaunt war, dass die Seele dieses jungen Mannes nicht weitaus schwerer geschädigt war. Es dauerte allerdings eine ganze Weile, bis Simon bereit war, diese für ihn so traumatischen Erlebnisse in Worte zu fassen. Bisher hatte er mit niemandem darüber gesprochen, aber in seinen Träumen verfolgte ihn das alles sehr oft. Die immer wiederkehrenden Albträume waren sicher eine Folge dieser traumatischen Erlebnisse. Die Angst vor diesen panischen Traumerlebnissen hinderte Simon oftmals am Einschlafen und er lag oft lange wach, obwohl er müde war. Wenn er dann doch endlich eingeschlafen war, wachte er meistens von seinen eigenen Schreien auf und konnte sich lange nicht von diesen Traumvorstellungen lösen, die meistens erschreckend real daherkamen. Fast immer ging es dabei um Szenen aus dem Kinderheim, um Angst, um das Eingesperrtsein und um den Tod.

Nachdem sich Simon daran gewöhnt hatte, dass es jemanden gab, der sich für seine Person ehrlich zu interessieren schien, hatte er immer mehr das Gefühl, dass sich so manche verschlungenen und heillos verknoteten Gedanken entwirrten und sich in seinem Inneren ordneten und entspannten. In diesen Gesprächen entwickelte Simon das erleichternde Gefühl, sich selbst besser zu verstehen. Bei ihrem vorläufig letzten Gespräch wollte Dr. Markus Simon nicht im Unklaren über seine Diagnose lassen: „Simon, du hast in deinem Leben schon viele belastende Erlebnisse durchleben müssen. Darüber hinaus sind mir bestimmte Verhaltensmuster aufgefallen, die auf eine Störung des Persönlichkeitsmusters, namens Autismus, hinweisen." Da Simon außerordentlich intelligent und verständig sei, wolle er ganz offen mit ihm sprechen: Da seien Simons Sprechprobleme, seine Kontaktscheu und sein fast zwanghaftes Sortierungs- und Ordnungsbedürfnis, weiters seine Unfähigkeit, Emotionen zu zeigen, was ihm oft in ungerechtfertigter Weise den Nimbus der Gleichgültigkeit und Hartherzigkeit verleihe. Autisten würden mehr als andere Menschen in ihrer eigenen Welt leben und könnten sich schwer in andere hineindenken. Manche würden sich schwer damit tun, die Mimik ihrer Mitmenschen zu interpretieren. Dadurch könne es immer wieder zu Konflikten und Missverständnissen kommen. Bei Simon seien aber nur wenige Symptome zu erkennen, er sei im Gegenteil sehr sensibel und in vielerlei Hinsicht begabt. Der Autismus sei von der Wissenschaft bislang noch wenig erforscht und trete in unterschiedlicher Intensität auf. Bei Simon handele es sich wohl um eine eher leichtere Ausprägung und er sei durchaus ein tüchtiger junger Mann, der sein Leben gut meistern könne. Er werde Simon auch weiterhin als Gesprächspartner zur Verfügung stehen, wenn dieser das wünsche. Um die Albträume besser zu verarbeiten, riet Dr. Markus, ein Schulheft mitsamt Schreibstift auf dem Nachtkästchen zu deponieren und im Falle eines angstbehafteten Traumes dessen Inhalt möglichst sofort aufzuschreiben und am nächsten Tag noch einmal zu lesen. Oft könne man dabei erkennen, dass der Traum eben nichts mit der derzeitigen Realität zu tun habe. So sei es möglich, in absehbarer Zeit seine Träume und sein Unterbewusstsein positiv zu beeinflussen.

Diese schicksalsschweren Gespräche, die von Simon als negativ und positiv zugleich empfunden wurden, bestätigten seine eigenen Vermutungen. Dass er nicht so wie die meisten seiner Mitmenschen empfand und reagierte, war ihm nicht neu. – Das war ihm schon als Kind schmerzlich bewusst gewesen. Jetzt hatte er eine plausible Erklärung dafür, und das war erleichternd für Simon. Sein Anderssein hatte jetzt sogar einen Namen. „Jeder Mensch hat ein Recht auf seine eigene Art", meinte er, und er sei eben ein Autist. Herr Professor Markus war erleichtert, dass Simon das Gespräch in diese Richtung hin interpretierte. Nicht alle Menschen würden so ehrliche Worte in Bezug auf ihre eigene Persönlichkeit vertragen. Den Rat des Herrn Professors setzte Simon unverzüglich um. Er schrieb von nun an seine Träume auf, sobald er erwacht war.

Die Turmkammer

Nun hatte Simon also eine eigene Wohnung, die sich allerdings als recht renovierungsbedürftig herausstellte, da der verstorbene Herr Herlach schon lange nichts mehr erneuert hatte. Zuerst mussten alle Räume neu ausgemalt werden. Dabei wurden die verbleibenden Möbel von den beiden Malern und Anstreichern in die Mitte der Räume geschoben. Als sie mit vereinten Kräften die schwere Anrichte in die Raummitte transportierten, kam dahinter eine geheimnisvolle Tapetentür zum Vorschein, von der anscheinend niemand etwas gewusst hatte. Die Türe war versperrt, aber auf der Rückseite der Anrichte hing ein altmodischer Schlüssel, der in dieses Schloss passte.

Simon wollte die Tür erst aufsperren, wenn er sich allein in der Wohnung aufhielt. Als die beiden Handwerker gegangen waren, steckte er den Schlüssel in das Schloss und die Türe ließ sich knarrend öffnen, als ob es ihr Schmerzen bereitete, nach so langer Zeit bewegt zu werden. Unmittelbar dahinter befand sich eine schmale, hölzerne Wendeltreppe, die heillos verstaubt und von Spinnweben überzogen war. Vorsichtig stieg Simon die Stufen hinauf und bemerkte erst jetzt, dass es sich offensichtlich um den Zugang zu dem kleinen Turm handeln musste, der an das Eckgebäude als architektonisches Schmuckelement angebaut war, aber offensichtlich keinen praktischen Zweck erfüllte. Simon hatte sich schon mehrmals gefragt, wie man denn auf den kleinen Turm gelangen konnte, und vermutet, dass der Zugang wohl vom Dachboden des Hauses auf den Turm führen würde. Jetzt wusste er, dass der Turm von seiner Wohnung aus zu erreichen war. Das freute ihn, denn er liebte Geheimnisse! Er stieg bis zu dem runden Turmzimmerchen hinauf, das mit etlichen kleinen Fenstern versehen war. Was für ein Ausblick! Man konnte seinen Blick über die alte Wienerstadt schweifen lassen. Ein beeindruckendes Fest für die Augen, über die verschachtelte Dächerlandschaft in diesen dicht verbauten Bezirk blicken zu dürfen. Man sah aber auch weit bis in die Hügellandschaft des Wienerwaldes mit seinen sanften Anhöhen. In unmittelbarer Nähe reihte sich eine Dachfläche an die andere. Nur durch einige Innenhöfe gelangte Tageslicht in die innen gelegenen Wohnräume. Das pralle Leben öffnete sich vor Simons Blicken und vermittelte ihm eine Ahnung von den unterschiedlichen Lebenssituationen der Bewohner in dieser alten Stadt, die schon so viel überstanden hatte. Hinter all den Fenstern lebten Menschen mit ihren persönlichen Schicksalen, verbunden durch ihre gemeinsame Heimatstadt Wien, die schon so viele Jahrhunderte bestand und anscheinend unüberwindlich all den Ereignissen trotzte. Immer wieder hatten die Wienerinnen und Wiener die Wunden, die Krieg und Zerstörung angerichtet hatten, beseitigt und wiederhergestellt, was noch zu retten war. Das erinnerte Simon an den Ameisenhügel, den er als Kind mutwillig beschädigt hatte. Auch hier hatten die fleißigen Hügelbewohner alles wieder abgedichtet und instand gesetzt und danach ihr Leben weitergeführt, wie die Natur es für sie vorgesehen hatte.

Eines der kleinen Turmfenster hatte keine Glasscheiben mehr. Das nützte den Tieren, die in großer Zahl kopfüber an dem oberen Holzbalken hingen – Fledermäuse. Sie hatten auch unübersehbare Spuren auf dem Holzboden der kleinen Turmkammer hinterlassen. – Fledermauskot. Man roch es. Die Fledermäuse, die sich selbstverständlich in ihrer Tagesruhe gestört fühlten, blinzelten Simon ungläubig aus ihren kleinen schwarzen Augen an und schienen sich zu wundern, dass außer ihnen noch jemand in die Turmkammer vorgedrungen war. Sie sahen aber offensichtlich keinen Grund für eine Flucht. – Der Abstand zu dem Menschen da unten war ausreichend. Sie hätten sich ohnehin im Tageslicht nicht zurechtgefunden. So schlossen sie ihre kleinen Augen wieder und lebten ihr Fledermausleben weiter wie gewohnt. „Das sind auch lauter Autisten", dachte Simon. „Sie leben in ihrer eigenen Welt und schauen noch dazu mit dem Blick von unten in die Gegend und finden das ganz normal."

Je länger Simon über die verschiedenen Welten der Gottesgeschöpfe nachdachte, desto mehr kam er zu der Erkenntnis, dass er von unzähligen Autisten umgeben war. Lebten nicht alle Tiere in ihrer abgeschlossenen Welt, wie zum Beispiel die Ameisen, die ihn immer so faszinierten? Aber auch die Tiere des Waldes, der Lüfte, des Wassers, der Wüsten, ja sogar die Tiere in den Stallungen und in den Tierparks: Alle leben in ihren eigenen Welten und können nicht darüber hinaus denken und empfinden. Auch wenn es den Menschen gelungen war, sich mit Flugzeugen über die Schwerkraft hinaus zu bewegen und in die Meerestiefen hinabzutauchen, verstanden sie deshalb die Störche bei ihrem Flug in den Süden oder die unzähligen Wasserbewohner in den Tiefen der Gewässer? Sicher nicht! Aber nicht nur die Tiere, auch die Menschen leben in beschränkten Bereichen, in denen sie sich hauptsächlich bewegen. Schon die sozialen und die klimatischen Bedingungen machen große Unterschiede aus. Menschen am Äquator kennen keine Kälte, andere wieder leben das ganze Jahr über in Eis und Schnee. Es gibt Menschen, die am Land leben und weite Landschaften gewohnt sind, und solche in der Stadt, die tagtäglich im Menschengewühl leben. Manche Menschen sind den Überfluss gewohnt und andere müssen das tägliche Brot von Tag zu Tag mühsam erarbeiten oder erbetteln. Wer kennt schon die unzähligen Gedanken von Fabrikarbeiterinnen, die am Fließband sitzen und Stunde für Stunde die gleichen Handgriffe ausführen müssen? Die Eintönigkeit ihrer Tätigkeit lässt Raum für Fantasie und Träume. Wenn all diese Gedanken bunte Schmetterlinge wären, dann würden aus den Fenstern der Fabrikhallen tausende Schmetterlinge in den Himmel flattern. Davon haben die Mächtigen der Welt keine Vorstellung. Sie glauben das Recht zu haben, über die Gedanken ihrer „Untertanen" zu herrschen, Denkverbote und Dogmen auszusprechen und unter Strafe stellen zu können, wenn man sich ihnen nicht unterordnet. Sie glauben, die Gehirne der Menschen in kleine Würfel pressen zu können, die sie dann auf den Tischflächen der Macht nach Belieben umherschleudern können. Aber auch ihre Zeit ist beschränkt, und meistens dauert es gar nicht lange, bis sie abgelöst oder abgewählt werden, meistens ohne dass sie an Erkenntnis reicher geworden wären. Die Nächsten warten schon. Nicht vielen ist es vergönnt, über ihren Tellerrand zu blicken, um sich in die Lebenswelten ihrer Mitmenschen hineinzudenken und somit imstande zu sein, sie einigermaßen zu verstehen.

So dachte Simon in der kleinen Turmkammer und erkannte, dass hier ein guter Ort für weitschweifende Gedankenketten war. Er erklärte diesen kleinen Ort zu seinem persönlichen „Gedankenturm". Simon begann nun sein Turmzimmer vom Staub der Abgeschiedenheit zu befreien. Er stieg, ausgestattet mit einem Eimer und mehreren Putzfetzen, in den Turm hinauf und fand auch eine Lösung für den Kot der Fledermäuse. Sicherlich hätte er nur die offenen Fensterflächen neu verglasen lassen können, aber da wären die Fledermäuse jämmerlich verhungert, und das wollte Simon auf keinen Fall. Er breitete mehrere Lagen altes Zeitungspapier auf dem Fußboden aus und erneuerte diese Auflage immer wieder. Die Fledermäuse sahen ihm von ihrem hochgelegenen Hängebalken erstaunt zu und gaben eigenartige Pfeifgeräusche von sich, die Simon als freundliche Zustimmung interpretierte.

Aber noch eine Entdeckung gab es in der kleinen Turmkammer zu machen. In einer Ecke stand ein großer hölzerner Schiffskoffer, der zwar mit einem alten Vorhängeschloss gesichert war, aber der kleine Schlüssel steckte keck im Schloss und forderte dazu auf, das Geheimnis zu lüften. Das tat Simon natürlich auch. Der Koffer enthielt eine alte, aber immer noch prächtige kaiserlich-königliche Offiziersuniform mit Säbel, Stiefeln und Helm. Offenbar hatte jemand dafür gesorgt, dass lästiges Ungeziefer abgehalten wurde, und Simon konnte immer noch den Geruch von Mottenkugeln wahrnehmen, der dem Koffer entströmte. Aber es gab da noch eine hübsche Holzschatulle mit vergilbten Briefen, die zum Teil offensichtlich von Mäusen angeknabbert worden waren, die diese Schatulle als eine geeignete Aufzuchtstation für ihren Nachwuchs verwendet hatten. Der Holzdeckel hatte sich anscheinend durch die Winterfeuchtigkeit in der Turmkammer etwas verzogen, weit genug, um die kleinen Nager durchschlüpfen zu lassen. Die Schatulle mit den Briefen nahm Simon mit hinunter in seine Wohnung und begann, einige davon näher zu betrachten. Sie waren alle an ein „Hochwohlgeborenes Fräulein Maria Slamek" in Znaim adressiert. Die Datierung reichte in die Jahre zwischen 1880 und 1886 zurück. Der Schreiber der in einer alten Schriftart verfassten Briefe war offensichtlich unsterblich in besagtes Fräulein verliebt gewesen. Fast jeder der Briefe enthielt ein sehnsüchtiges Gedicht und manche sogar kleine Illustrationen wie Blümchen und Herzen. Manche Briefe waren allerdings von den Mäusen so stark angeknabbert, dass sie nicht mehr durchgehend lesbar waren. Aber im Grunde genommen ging es ja ohnehin immer um das Gleiche. Simon ging sehr vorsichtig mit den Briefen um, denn manche von ihnen zerfielen bei einer Berührung in kleine Teilchen.

In der Wohnung hatte Simon noch viel zu tun, aber die Renovierungsarbeiten machten ihm Spaß, er freute sich über jedes fertige Detail. Die alten Parkettfußböden waren nach einer gründlichen Reinigung sehr ansehnlich geworden. Sie knarrten an bestimmten Stellen wie ein Schiffsrumpf auf hoher See. Die alte Anrichte war mit etlichen kleinen Laden ausgestattet, die aber fast alle schwer verzogen waren und sich nur mit sanfter Gewalt öffnen ließen. Diese Laden nahm sich Simon allesamt einzeln vor und sorgte dafür, dass sie wieder leicht dahinglitten. Nicht umsonst hatte er eine abgeschlossene Tischlerlehre hinter sich. Hinter einer dieser Laden wartete eine weitere Entdeckung auf Simon, ein Geheimfach, das man nur entdeckte, wenn man die kleine Lade vollständig herauszog. Darin befand sich ein goldenes Medaillon, das man auf einer Seite öffnen konnte. Es enthielt ein kleines Porträtfoto, das einen jungen Soldaten zeigte. Auf der gegenüberliegenden Deckelseite war eine dunkle Haarlocke unter Glas aufbewahrt. War das eventuell der eifrige Briefeschreiber, der seine sehnsüchtigen Briefe mit „In ewiger Liebe, Dein Dich innigst liebender Frantischek" unterzeichnet hatte? Nun ja, nichts auf der Welt ist ewig – nicht einmal die Liebe. Was ist wohl aus all den sehnsüchtigen Empfindungen der beiden geworden? Hat sich ihre Liebe erfüllt oder mussten sie sich, wie es zu jener Zeit durchaus üblich war, den Vorstellungen und Wünschen der Eltern und der Gesellschaft unterordnen? Simon empfand sein Eindringen in diese Liebesgeheimnisse als nicht angebracht. Er legte alles wieder zurück, wie er es vorgefunden hatte.

Oper und Riesenrad

Nach mehreren arbeitsreichen Wochen war die Wohnung so weit renoviert, dass Simon seinen „Hauptwohnsitz“ in die eigene Wohnung verlegen konnte. Aber noch jemand begleitete ihn bei seiner Übersiedlung: Mephisto. Er marschierte wie selbstverständlich durch die Wohnungstüre und machte es sich auf dem Sofa bequem. „Hab' ich dich etwa eingeladen?“, fragte Simon. Doch in Wirklichkeit freute er sich über seinen tierischen Mitbewohner, der jetzt zwischen der Wohnung von Frau Novak und der von Simon pendelte, ganz nach Belieben und Futterangebot.

Nun nahm sich Simon wieder mehr Zeit für seine Streifzüge durch die Stadt, die wohl niemals erschöpfend erforscht werden konnte und immer wieder Überraschendes und Geheimnisvolles hervorbrachte. Wien war voller Legenden und Geschichten, viele davon konnte man anhand von Aufschriften an Häusern erahnen. Gerne hätte Simon die Fähigkeit besessen, das Rad der Geschichte zurückzudrehen und in die Lebenswelten der damaligen Bewohner einzutauchen.

Von seinen Freunden aus dem Café Winkler hatte Simon den Tipp bekommen, den Wiener Wurstelprater aufzusuchen. Dort würden sich bestimmt viele lohnenswerte Fotomotive finden und ein „Echter Wiener“ müsse das einmal erlebt haben. Also machte sich Simon eines Tages, „bewaffnet“ mit seiner Kamera, auf den Weg. Das war nun wirklich eine ganz eigene Atmosphäre. Die Schaubuden reihten sich eng aneinander, wobei manche in einem ziemlich hinfälligen Zustand waren. Auch hier hatten die Bomben deutliche Spuren hinterlassen. Offenbar waren diese alten Hütten von ihren ehemaligen Besitzern, die vielleicht den Krieg nicht überlebt hatten, dem Verfall preisgegeben worden und die anderen Budenbesitzer hatten sich von diesen verfallenen Hütten Baumaterial für ihre eigenen Buden geholt.

Gleich zu Beginn stand ein Schießstand, bei dem man die Gelegenheit hatte, mit einem Luftdruckgewehr bunte Papierrosen und kleine Figuren abzuschießen. Simon hatte noch nie zuvor ein Schießgewehr in der Hand gehabt und stellte sich dementsprechend ungeschickt an. Nachdem er zweimal danebengeschossen hatte, erklärte ihm der Schießstandbesitzer, was es mit Kimme und Korn auf sich hatte. Tatsächlich traf Simon bei seinem nächsten Versuch eine gelbe Papierrose, die er sich übermütig ans Revers steckte. Weiter ging es zu einem Spiegelkabinett. Nachdem er den Eintrittspreis bezahlt hatte, wurde Simon in ein unübersichtliches Labyrinth aus Spiegeln entlassen, die ihn in erschreckender Weise immer wieder in die Irre führten. Er stieß mit seiner Stirn zweimal schmerzhaft gegen eine Wand. Von nun an hielt er seine Arme schützend vor sich und hatte bald genug von seinen eigenen Spiegelbildern, die seinen Körper manchmal noch dazu grotesk verzerrten. Simon war erleichtert, als er endlich den Ausgang gefunden hatte. In seiner aufsteigenden Panikhatte er ganz vergessen, dass er ja eigentlich fotografieren wollte.

Jetzt brauchte er etwas Süßes zur Beruhigung. Simon kaufte sich ein paar Dekagramm Seidenzuckerl und ein Stanitzel mit türkischem Honig, der mit einem langen Messer von einem großen Block heruntergeschnitten wurde. Die Geisterbahn fotografierte Simon nur von außen, denn die sichtbaren ungeheuerlichen Figuren wollte er gar nicht näher kennenlernen. Er bewunderte die Kinder, die mit den kleinen Wägelchen durch die verschiedenen Stockwerke der Geisterbahn ratterten. Sie genossen offensichtlich mit viel Vergnügen diesen grotesken Nervenkitzel. Weiter ging Simon zum Pferdekarussell. Hier trabten fünf kleine Pferde immerzu im Kreis und zogen bunte Wägelchen hinter sich her. Immer nur rundherum, stundenlang. Was für ein jämmerliches Dasein für ein Steppentier, das von Natur aus sicherlich niemals freiwillig im Kreis laufen würde, dachte Simon und fotografierte die bedauernswerten Kreaturen, denen man ihre Traurigkeit und Resignation in ihren Pferdegesichtern ansehen konnte.

Dann jedoch kam eine Schaubude, die er sich nicht entgehen lassen wollte. Vor dem Eingang stand ein extrem kleingewachsener Mann und rief mit einer erstaunlich kräftigen Stimme: „Kommen Sie, sehen Sie! – Das gibt es nur ein Mal! Hier sehen Sie die dickste Frau der Welt, die noch dazu eine Negerin ist. Treten Sie ein, meine Herren! – Treten Sie ein!“ Nachdem sich Simon bei dem kleinen Mann vergewissert hatte, dass er fotografieren durfte, und daraufhin eine Eintrittskarte gelöst hatte, wurde der Vorhang zur Seite geschoben und Simon wurde eingelassen. Im Inneren des rot ausgemalten Raumes standen mehrere Reihen von einfachen, wackeligen Holzbänken ohne Lehnen. Es befanden sich tatsächlich ausnahmslos Männer im Zuschauerraum, die Stimmung war ziemlich geladen. Die Männer redeten laut durcheinander und waren offensichtlich schon sehr auf die „dickste Frau der Welt, die noch dazu eine Negerin ist“ gespannt. An der Stirnseite des Raumes befand sich eine einfache Bretterbühne, ein Werkelmann samt Drehorgel stand daneben. Als er sein Instrument, dem offensichtlich schon etliche Töne abhandengekommen waren, in Betrieb nahm, öffnete sich zur gleichen Zeit ein löchriger, roter Samtvorhang. Aber die dickste Frau der Welt zeigte sich immer noch nicht. Erst als die Männer ungeduldig zu pfeifen begannen, erschien sie in ihrer ganzen Pracht. Und was sollte man sagen? Sie war wirklich ganz außerordentlich dick! Simon war es ein Rätsel, wie es dieser Frau gelungen war, in den vorausgegangenen Kriegs- und Notjahren diese Körperfülle zu erhalten. Allein das kugelrunde Gesicht mit den dicken Backen bot dem Publikum einen Anblick, als blickte man in einen Vollmond. Ihr Körper war von einem unförmigen, sackartigen Nachthemdkleid nur mangelhaft bedeckt. Die schweren Brüste darunter waren mehr als nur zu erahnen, die stämmigen Beine, an denen um die Fesseln Schellenringe angebracht waren, standen wie zwei dicke, fleischige Säulen auf den Brettern. Offenbar stammte sie tatsächlich aus fernen Landen, denn ihre Haut war vom Kopf bis zu den Zehen dunkelbraun. Ihre Haare waren glänzend schwarz und geringelt. Am Oberkopf waren sie zu einem Schopf zusammengebunden, in dem ein weißer Hühnerknochen steckte. – Eine echte Negerin also!

Aber sie bewegte sich noch immer nicht! Erst als die Männer begannen, bunte Zuckerstangen auf die Bühne zu werfen, erwachte sie aus ihrer Erstarrung. Mühsam ging sie in die Knie und hob die Zuckerstangen einzeln auf. Dann steckte sie eine nach der anderen in den Mund und begann endlich mit ihrem Tanz. Sie drehte sich langsam im Kreis und stampfte mit den schweren Beinen im Takt der Drehorgel, sodass die Schellen an ihren Beinen zu klingen begannen und man Angst bekam, dass sie den Bretterboden durchstampfen könnte. Die Männer sprangen von ihren Bänken auf und warfen vor Begeisterung ihre Hüte in die Luft. Der Drehorgelmann drehte seine Kurbel immer schneller, die dicke Dame wirbelte im Kreis mit einer Geschwindigkeit, die ihr niemand zugetraut hätte. – Dann stoppte sie ihren schwergewichtigen Wirbeltanz abrupt und blickte mit gleichgültiger Miene ins johlende Publikum. Aus ihrem Haaransatz tropften dicke Schweißperlen und Simon meinte zu erkennen, dass diese auf ihrem Weg über das runde Gesicht helle Spuren hinterließen. Das bemerkten auch die anderen Männer und einige riefen: „Chef, deine Negerin is net wasserfest!“ Aber das war ihnen offensichtlich egal. Sie hatten gesehen, was sie sehen wollten, und johlten und lachten noch, als sie wieder auf der Straße standen. Alles, was Simon bisher auf dem Gelände des Wurstelpraters erlebt hatte, war ein wenig seltsam und befremdlich gewesen. Er hatte zwar einige bemerkenswerte Fotos geschossen, aber er wusste nicht so recht, wen er mehr bedauern sollte, die Karussellpferde oder die dickste Frau der Welt. Diesen ereignisreichen Tag wollte er aber mit einem schönen Erlebnis beschließen. Er kaufte sich eine Eintrittskarte für das mächtige Riesenrad, das er bisher nur auf Ansichtskarten bewundert hatte. Die Rundreise mit dem Riesenrad war tatsächlich der absolute Höhepunkt seines Pratertages. Je höher seine Gondel stieg, desto weiter öffnete sich der großartige Blick über diese Stadt, die er mittlerweile in ihrer gesamten Vielschichtigkeit ehrlich liebte und als seine neue Heimat ansah. Die vielen Kirchtürme standen einem roten Sonnenuntergang im Wege, der die ewige Sonne bei ihrem Gang in die Nacht zu begleiten schien und die Stadt in ein goldenes Lichterbad tauchte.

Als Simon ausstieg, war es ihm, als hätte ihm dieser Tag eine unwirkliche Welt aufgezeigt, wie in einem seiner Märchenbücher, die ihm einst seine Lehrerin in der Schule geschenkt hatte. Trotz all der schweren Zeiten, die diese Stadt erleben musste, haben sich die Menschen den Luxus bewahrt, eine unwirkliche Traumwelt zu erhalten, die ihnen die Gelegenheit bot, die alltäglichen Sorgen und Mühen für ein paar Stunden hinter sich zu lassen. Simon war schon gespannt auf die Fotos, die dieser Ausflug in den Prater hervorbringen würde, und begab sich noch am gleichen Abend in die Dunkelkammer. Dann stieg er in seinen Gedankenturm hinauf, um die Eindrücke in seinem Kopf zu sortieren.

Mephisto begleitete Simon besonders gerne in das Turmzimmer, wo er begehrlich zu den Fledermäusen hinaufstarrte. Diese wussten um ihre sichere Position und schimpften nur hämisch auf den Kater herab. Mephisto entdeckte gleich das offene Fenster, und mit einem leichtfüßigen Sprung war er auch schon dahin. Simon konnte ihm nur sorgenvoll nachblicken, aber Mephisto war genau in seinem Element und bewegte sich akrobatisch wie ein Trapezkünstler mit halsbrecherischen Sprüngen von Mauervorsprung zu Fenstersims und war bald den Blicken von Simon entschwunden. Die Dächer der Stadt waren offensichtlich sein Revier, hier kannte er sich aus und wusste alle Wege zwischen den in sich verschachtelten Dächern. Damit Mephisto aber jederzeit wieder in die Wohnung zurückkehren konnte, sägte Simon einen Katzeneingang in die Tapetentüre und stellte einen kleinen, hochbeinigen Biedermeiertisch davor, sodass eventuelle Besucher nicht vermuten würden, dass sich hier ein Zugang zu seiner Turmkammer befand. Der kleine Turm sollte ein Geheimnis bleiben.

Aber Besuch bekam Simon ohnehin so gut wie nie. Nur Frau Novak besichtigte sein neues Domizil. Sie zeigte sich positiv überrascht und war voll des Lobes über seine handwerklichen Fähigkeiten. Die gewohnten Musikabende vor dem Plattenspieler setzten die beiden auch nach dem Wohnungswechsel regelmäßig fort und genossen gemeinsam die klassischen Konzerte und Opernarien. An einem dieser Abende überraschte Frau Novak Simon anlässlich seines bevorstehenden Geburtstags mit einem besonderen Geschenk. Sie hatte zwei Opernkarten besorgt, denn die Wiener Staatsoper war in ihrer ganzen Pracht wiederhergestellt, und zwar prächtiger und strahlender als je zuvor. Frau Novak und Simon würden gemeinsam die „Zauberflöte“ von Wolfgang Amadeus Mozart besuchen. Das war nun ein besonderer Höhepunkt in Simons Leben, auf den er sich ungeduldig freute. Aber das konnte er nach wie vor nicht so richtig nach außen zeigen.

Am Tag des Opernbesuchs hatte Frau Novak ein Taxi bestellt, das die beiden zur Oper brachte. Frau Novak war wie immer sehr elegant gekleidet, ein besonderes Parfum umwehte ihre zarte Gestalt wie ein unsichtbarer Schleier. Simon hatte seinen festlichen schwarzen Anzug gewählt. Schon das renovierte Opernfoyer war äußerst beeindruckend mit der prächtigen Feststiege, die als einziger Bauteil die Bombenangriffe einigermaßen heil überstanden hatte. Aber erst der Zuschauerraum mit seinem überwältigenden Kristallluster, die Ausstattung mit den samtbezogenen Stühlen und die ruhige, jedoch gespannte Atmosphäre steigerte Simons Erwartungsfreude von Minute zu Minute. Als das Orchester einsetzte und die Ouvertüre erklang, war Simon tief beeindruckt von der überwältigenden Klangfülle, die den Raum bis in den letzten Winkel ausfüllte.

Mit der märchenhaften Erzählung der Zauberflöte hatte sich Simon schon im Vorfeld intensiv auseinandergesetzt, doch jetzt war er berührt vom zauberhaften Bühnenbild, den fantasievollen Kostümen und vor allem von den meisterhaften Stimmen der Sängerinnen und Sänger. Simon und Frau Novak hatten schon viele Opernschallplatten gemeinsam angehört und genossen, aber diese Fülle an Eindrücken sprengte Simons Fassungsvermögen. Er konnte nicht mehr unterscheiden zwischen Sehen, Hören, Riechen und Fühlen. Alles strömte gleichzeitig in seine Gehirnkammern hinein, sodass er das Gefühl hatte, das alles kaum mehr aushalten zu können. Kerzengerade saß er auf seinem Stuhl und hielt das Programmheft zitternd in den Händen. Schließlich gingen seine Augen über und es tropfte auf das Programmheft, als hätte sich in seinem Kopf eine Schleuse geöffnet. Das waren die ersten Tränen seines Lebens. Die Aufführung ging in die Pause. Frau Novak und Simon machten ein paar Schritte am Gang. Simon hatte dabei das Gefühl einer großen Erleichterung und Entspannung. Es war wie die Genesung von einer langwierigen Krankheit, wie wenn sich ein inneres Fieber langsam zurückzieht und man wieder frei atmen kann. Frau Novak bemerkte nichts von Simons tiefgreifenden Empfindungen. Er war ruhig und schweigsam wie immer.

Auf der Heimfahrt mit dem Taxi äußerte sich Simon immer noch nicht, sodass Frau Novak schon dachte, dass ihn das alles nicht besonders beeindruckt hatte, und aufmunternd fragte: „Na, und wie hat es dir gefallen?“
„Das war das Schönste in meinem Leben“, flüsterte Simon kaum hörbar.
Von diesem Tag an wusste Frau Novak, welch große Freude sie Simon mit Opernkarten machen konnte. Gemeinsam besuchten sie noch weitere Aufführungen und Konzerte. Frau Novak war sehr froh, in Simon einen begeisterten Begleiter gefunden zu haben. Ihre eigenen Söhne waren für derlei Kulturangebote nicht zu gewinnen, Frau Novak war über die Unterstützung bei den An- und Abreisen sehr froh. Ihre Beine waren mit den Jahren unsicherer geworden, Simon war ihr bei jedem Schritt und bei jeder Stufe behilflich.

An einem Nachmittag mitten in der Woche wollte Frau Novak gemeinsam mit Simon zu einer Fahrt mit dem Taxi aufbrechen. Sie hatte ihren Sohn Karel schon davon unterrichtet und tat recht geheimnisvoll. „Eine Überraschung“, sagte sie nur. Sie nannte dem Chauffeur eine Adresse im Ersten Bezirk, und am Ziel angekommen, betraten sie gemeinsam die Kanzlei eines Anwalts, der der Frau Novak offenbar bereits bekannt war. Als beide auf den gepolsterten Sesseln vor dem Schreibtisch des Anwalts Platz genommen hatten, begann dieser ein vorbereitetes Dokument vorzulesen, das, in einem etwas kompliziert abgefassten Beamtendeutsch, Simon für alle Zeiten ein Wohnrecht im Haus in der Burggasse garantierte. Da war nun Simon wirklich sehr überrascht und dankbar, denn diese alte Dame war für ihn über die Jahre hinweg so etwas wie ein

Muttererersatz geworden. Er würde sie sicherlich nicht im Stich lassen, wenn sie einmal ganz seine Hilfe benötigte. Nun war Wien endgültig zu seiner Heimat geworden. Das verdankte er der Familie Novak, besonders aber der vorausschauenden Fürsorge von Frau Novak.

Simon wünschte ihr von ganzem Herzen, dass Micha endlich Fortschritte machen würde. Frau Novak wurde niemals müde, auf eine endgültige Heilung ihres jüngsten Sohnes zu hoffen. Trotz der guten Betreuung in der Nervenheilanstalt hatte sich Michas psychischer Zustand bisher kaum verändert. Es war sehr unterschiedlich. Manchmal war er ruhig und zugänglich, aber ein anderes Mal wollte er in Ruhe gelassen werden und verkroch sich in eine Ecke seines Zimmers. Auch an diesem Nachmittag, an dem Herr Novak seine Mutter nach Steinhof begleitete, hatte Karel wenig Hoffnung auf eine Veränderung bei seinem Bruder. Wahrscheinlich musste Micha noch lange Zeit in dieser Anstalt bleiben – eventuell für den Rest seines Lebens. Solche tristen Vermutungen konnten natürlich nicht in Anwesenheit der Mutter geäußert werden, die sich an jeden Strohhalm klammerte, wenn es darum ging, an eine positive Zukunft für Micha zu glauben.

Aber an diesem Nachmittag war alles anders. Es begann damit, dass Micha nicht in seinem Zimmer weilte, sondern nach Angaben einer Schwester „an die frische Luft" gegangen war. Frau Novak und Karel machten sich daraufhin eilig auf, ihn zu suchen. Es war ihnen etwas bange zumute, denn Micha war von sich aus noch nie alleine in den Park gegangen. Sie fanden ihn, wie vermutet, auf jener Bank, die sie schon mehrmals gemeinsam aufgesucht hatten, um ihn aus der Enge seines Zimmers hinauszubegleiten. Micha saß aufrecht und nicht wie sonst in sich selbst verkrochen und zusammengekrümmt auf der Bank. Als er seine Mutter und Karel kommen sah, stand er auf und ging ihnen mit raschen Schritten entgegen. Auch sein Gesichtsausdruck hatte sich verändert. Er lächelte sie beide an und zur Begrüßung umarmte er seine Mutter und seinen Bruder. „Mama, Karel, ich freu' mich so, dass ihr mich besucht." Und dann erzählte er von sich aus, was er heute schon erlebt hatte, was es zum Mittagessen gegeben hatte, und mehrere scheinbare Belanglosigkeiten aus seinem derzeitigen Leben. Die gemeinsamen Stunden verliefen mit frohen Gesprächen, bei der Verabschiedung waren alle voller Zuversicht. Auch Karel freute sich sehr über die Veränderung in Michas Zustand und hoffte, dass es keine Rückschläge mehr geben würde.

Frau Novak strahlte vor Freude. Sie hatte es immer gewusst und sich den Glauben an ihren Micha nicht nehmen lassen.
„Mama, du hattest recht, unser Micha wird wieder nach Hause kommen", meinte Karel bei der Heimfahrt. „Du hast einfach immer an ihn geglaubt."
„Ich hab' auch viel zur Gottesmutter für ihn gebetet. Die heilige Maria war auch eine Mutter, und eine Mutter gibt nicht auf!", meinte sie mit fester Stimme.
Michas Fortschritte gingen weiter. Auch Professor Markus zeigte sich sehr zuversichtlich und sprach von einem Wendepunkt.

Einige Wochen später konnte man es wagen, Micha für einige Stunden in sein Elternhaus zu bringen. Professor Markus hatte allerdings angeraten, ihn bei seinen ersten Besuchen nicht mit zu vielen Eindrücken zu überfordern. Aber Micha schien alles gut aufzunehmen. Er ging mit ruhigen Schritten durch das Haus und registrierte alle Veränderungen, die sich in der Zeit seiner Abwesenheit ergeben hatten. Offensichtlich konnte er sich noch gut an das große Haus erinnern, das einmal sein Elternhaus gewesen war und in Zukunft wohl wieder werden würde. Es war für alle eine große Freude!

Frau Novak wäre nicht sie selbst gewesen, wenn sie sich nicht schön längst Gedanken über Michas Zukunft gemacht hätte. Sie dachte da an die Konditorei Engelmaier. Hier hatte er ja seine Konditorlehre abgeschlossen und das Ehepaar Engelmaier suchte schon seit einiger Zeit nach einem geeigneten Nachfolger für ihr Geschäft. Sie würde am kommenden Sonntag diesbezüglich mit Frau Engelmaier sprechen, die Michas verlässliche Art ja bereits während seiner Lehrzeit sehr geschätzt hatte. Micha hatte immer süße Bäckereien geliebt. Er war ja immer schon ihr „Zuckergoscherl" gewesen. Das alles lag natürlich noch in weiter Ferne. Zuerst musste Micha wieder ins Leben zurückfinden, ehe an eine Arbeitstätigkeit gedacht werden konnte. Aber wenn er sich weiterhin so gut entwickelte, wer weiß?

Am Kahlenberg

Weil Herr Novak jetzt sehr häufig mit seiner kleinen Familie beschäftigt war, hatte Simon oft die Aufgabe, den Fotoladen alleine zu bewältigen. Besonders die Tätigkeiten in der Dunkelkammer waren fast ausschließlich seine Aufgabe, sodass Simon an manchen Tagen erst recht spät Feierabend machen konnte. Umso mehr genoss er die Sonntage, an denen er oft kleine Ausflüge in die Umgebung unternahm. So war das auch an diesem Sonntag, einem wunderschönen Frühsommertag.

Frau Novak war wie immer zu ihrem Sohn Micha in die Nervenheilanstalt gefahren und wurde dabei von ihrem Sohn Jan begleitet. Also machte sich Simon auf den Weg zum Berg der Wiener – zum Kahlenberg. Das war eigentlich kein richtiger Berg, wie man sich einen solchen vorstellt, aber er war ein lohnendes Ausflugsziel, das man auf gemütlichen Spazierwegen durchwandern konnte, mit kleinen Ausflugsgaststätten und schönen Ausblicken über die unten liegende, pulsierende Stadt. So etwas lieben die Wiener. Ein wenig Bewegung in der freien Natur, natürlich nur bei schönem Wetter, konnte nicht schaden. Aber man entfernte sich nicht gerne allzu weit von seiner Heimatstadt und hatte doch das Gefühl, etwas für die Gesundheit getan zu haben, wenn man den Kahlenberg bestieg. Das war nun ganz anders als die Klettertouren in den Berggebieten Österreichs, die den Menschen sehr viel mehr Durchhaltevermögen und Können abverlangten. Richtige Bergsteiger hatten nur ein mitleidiges Lächeln für die „Bergbesteigungen" der Wiener. Für sie zählte nur, wenn man einen Berg, wie zum Beispiel den Großglockner, „bezwingen" würde.

Aber was denkt sich dabei der Berg? Fühlt der sich in einer Weise „besiegt oder bezwungen", wenn kleine, sterbliche Menschenwesen auf ihm herumklettern? Bezwingen die sich nicht in erster

Linie selbst? Der Berg ist geduldig. Seit Millionen von Jahren hat er sich mit einer versteinerten Hartnäckigkeit in die Erdkruste gekrallt und hat ganz sicher nicht vor, sich von derlei unbedeutenden Nichtigkeiten aus der Ruhe bringen zu lassen. Er duldet sogar, wenn Betonpfeiler in seinen Felsen verankert und darauf Schilifte in die Höhe geleitet werden, auf denen sportliche Menschen ohne Anstrengung auf den Gipfel geschaukelt werden, damit sie danach wieder zu Tal rutschen können. Immer wieder. Gegen diese sportlichen Aktivitäten hat der Berg ja an und für sich nichts einzuwenden, aber wenn die Berge nicht mehr als elementare, wunderschöne Teile der Landschaft wahrgenommen werden, sondern nur mehr als Pisten, mit denen man Geld machen kann, dann führt das zu gefährlichen Fehlentscheidungen. Und da zeigt er manchmal seine Macht – der Berg. Muren- und Lawinenabgänge zeigen von Zeit zu Zeit seine Überlegenheit und weisen allzu uneinsichtige Menschen in ihre Grenzen. Seine an Sturheit grenzende Gelassenheit und seine Existenz seit Jahrmillionen relativiert Zeitspannen von vielen Menschengenerationen: „Unter all den Lebewesen auf der Erde machen die Menschen die meisten Probleme, sie denken nur in kurzen Abschnitten, von der Ewigkeit haben sie keinen blassen Schimmer!" So oder so ähnlich mag der Berg wohl empfinden und da hat er wohl recht.

Diese Gedanken erfüllten Simon, als er seine Jacke ausbreitete und sich auf die warme und noch etwas feuchte Frühsommerwiese setzte. Wie selbstverständlich hatte er seine Fotokamera mitgebracht und fand wieder seine kleinen Lieblingsmotive, ohne sich von der Stelle bewegen zu müssen. Ein kleiner Marienkäfer krabbelte ohne Scheu auf seine Hand und immer weiter bis an die Spitze seines Zeigefingers. Dort ging es nicht mehr weiter. – So breitete er zuerst seine roten, schwarz betupften Deckflügel aus und zu deren Unterstützung noch zusätzlich seine durchsichtigen Silberflügel und schwang seinen kleinen, kugelförmigen Körper anscheinend mühelos in die Luft. Das sollte man können, dachte Simon.

Da kam aus einiger Entfernung eine junge Dame auf Simon zu. Sie trug ebenfalls eine Fotokamera. Das war etwas ungewöhnlich in jenen Tagen, in denen die meisten Frauen technischen Apparaten eher distanziert gegenüberstanden und derartige Aktivitäten vorwiegend den Männern überließen. Die junge Dame trug einen hellen Strohhut und eine sportliche Kleidung. Sie hatte dunkles, lockiges Haar, das sie ungeordnet auf die Schulter fallen ließ. Das alles gefiel Simon vom ersten Augenblick an außerordentlich gut.
„Ich sehe, Sie fotografieren auch", sprach sie ihn ganz unbefangen an. „Würden Sie bitte eine Aufnahme von mir machen?"
Simon war etwas überrascht, er selbst hätte niemals gewagt, eine Dame so einfach anzusprechen. Aber natürlich tat er ihr den Gefallen. Nachdem sie einen geeigneten Platz ausgesucht hatte, fotografierte er sie vor einer großen Buche, die ihre ersten hellgrünen Frühlingsblätter aus den Knospen herausgeschoben hatte. Das Fräulein stand zart und schlank vor dem dicken Stamm der Buche und hielt ihre Fotokamera in den Händen.
„Das wird sicherlich ein ansprechendes Foto, auch das Licht passt perfekt", erlaubte sich Simon zu bemerken.
Das Fräulein nahm ihren Strohhut ab und legte ihn neben sich auf die Wiese. Ihr dunkles Haar erhielt in der Sonne einen leicht rötlichen Schimmer. Einige Sommersprossen hatten sich in ihrem schmalen Gesicht angesiedelt. Simon hätte gerne noch mehr Fotos gemacht, aber er wollte nicht aufdringlich wirken.
„Entschuldigen Sie bitte, ich hab' mich noch gar nicht vorgestellt. Ich heiße Anneliese Faber. Ich fotografiere die ersten Frühlingsblumen, denn von diesen gibt es sehr viele um diese Zeit. – Und was

sind Ihre bevorzugten Motive, wenn ich fragen darf?"
Da erzählte Simon von seinen „kleinen Wundern", wie er sie nannte, und weil er schon im Erzählen war, sprach er von seinem Beruf als Fotograf, von den Naturaufnahmen und von seiner Arbeit im Fotosalon Novak.
Das beeindruckte das Fräulein Faber offensichtlich: „Sie sind also ein Berufsfotograf! Da habe ich ja Glück, dass ich Sie getroffen habe. Könnte ich meine Negative bei Ihnen entwickeln lassen? Sie könnten mir bestimmt noch einige Tipps geben, wie ich meine Aufnahmetechnik verbessern kann. Ich mache diese Aufnahmen ja für meine Kinder, damit sie anhand der Bilder die Namen der Frühlingsblumen schneller lernen können. Bei unserer nächsten Wanderung werden sie dann die einzelnen Blumen hoffentlich schon richtig benennen können."
Oh, Frau Faber war offensichtlich verheiratet und hatte schon mehrere Kinder, dabei sah sie noch so jung aus! Simon entschuldigte sich für die falsche Anrede. Die Sache war ihm sehr peinlich.
„Aber nein", lachte das Fräulein. „Ja, ich hab' viele Kinder, genau genommen sind es zweiunddreißig, ich bin nämlich Lehrerin an einer Volksschule im Fünften Bezirk und der Naturkundeunterricht ist mein Lieblingsfach."
Simon wusste nicht genau, warum, aber es freute ihn, dass er bei der Anrede „Fräulein" bleiben konnte. Er nannte die genaue Adresse des Fotosalons und gab dem Fräulein Faber eine der Visitenkarten, die Herr Novak erst kürzlich hatte drucken lassen. Seither trug er immer einige Exemplare in seinem Portmonee. Er schrieb seinen Namen auf die Rückseite der Karte mit der Bitte, das Fräulein solle doch ihren Besuch im Geschäft telefonisch ankündigen, damit er auch selbst anwesend sei.
„Ja, ich komme bestimmt, wenn ich meinen Film ausgeknipst habe", meinte sie und dann verabschiedeten sich die beiden von-

einander mit einem Händedruck, den Simon sogar genoss. Dann lief das Fräulein mit schnellen Schritten den Hang hinunter und war bald seinen Blicken entschwunden.
Hoffentlich ist sie bald fertig mit ihrem Film, dachte Simon.

Bei der Heimfahrt mit dem Bus hatte Simon den Eindruck, dass die Umgebung sich verändert hatte. Die Farben leuchteten, die Menschen schienen freundlich zu lächeln, sogar die Häuser blickten nicht mehr so düster wie sonst auf die Straßen hinab in dieser Nachkriegszeit. War das Licht intensiver geworden? Das konnte eigentlich nicht sein, es war ja schon spät am Nachmittag. Oder hatte sich seine eigene Sichtweise verändert?

Als er nach diesem Ausflug wieder in seine Wohnung zurückkehrte, war die Luft schon ziemlich schwer und feucht geworden, und sobald die Dunkelheit langsam dämmerte, kamen dunkelgraue Gewitterwolken von Westen daher. Als dann die ersten Blitze zuckten, begann es zu regnen. Simon nahm seine Kamera und stieg eilig in den Turm hinauf. Schon auf der Treppe hörte er die lauten Geräusche der Fledermäuse. Sie waren in heller Aufregung und die Muttertiere bedeckten ihre Jungen mit ihren dünnen Hautflügeln. Es wäre jetzt die Zeit für ihren Nachtflug gekommen, aber das Gewitter ließ sie zögern. Blitze folgten rasch aufeinander und tauchten die Stadt für kurze Momente in gleißendes Weiß. Simon fotografierte in den Nachthimmel hinaus. Da sprang auf einmal Mephisto durch das offene Fenster in die Turmkammer herein und gab einen ängstlichen Laut von sich. Wie auf Kommando stoben die Fledermäuse nun in die Nacht hinaus und rauschten in verschiedene Richtungen davon. Wie kleine Gespenster.

Simon stieg hinab in sein Wohnzimmer und begann seine Gedanken und die Erlebnisse des vergangenen Tages in seinem „Traumbuch" zu notieren. Das waren allerdings jetzt seine Tagesgedanken und nicht nur Traumerlebnisse, wie es Dr. Markus vorgeschlagen hatte. Simon, der alles immer gern sortierte und ordnete, begann seine Gedanken und Träume von nun an zu nummerieren. So wurden die Träume nacheinander mit „Traum Nr. ..." und die Gedanken mit „Gedanke Nr. ..." gekennzeichnet. Die Ereignisse des heutigen Tages beinhalteten eine sonderbar zauberhafte Mischung aus Sonnenschein, Frühlingsblumen und Sommersprossen. Simon konnte kein rechtes System in seine Gedanken bringen. Aber das störte ihn heute nicht. – Seltsam.

Die blauen Schulhefte füllten sich nach und nach mit allerlei Gedankennotizen und wenn eines vollgeschrieben war, legte Simon es in den großen Schiffskoffer zu den alten Briefen an das „hochwohlgeborene Fräulein".

Nachtrag

Die Romanfigur Simon war in Wien häufig unterwegs, um passende Motive ausfindig zu machen. Diese Stadt hat ja unendlich viele Schnappschüsse und Besonderheiten zu bieten, aber auch viele sprachliche und kuriose Einmaligkeiten, hier einige Beispiele:

Wien ist:
Stephansdom und Mannerschnitten
Burggarten und „Beserlpark"
Opernstar und Straßenmusikant
Burgtheater und Bretterbühne
Gänsehäufel und „Tröpferlbad"
U-Bahn, „Bim" und „Fiaker"
„Mahü" und „Fuzo"
Schönbrunn und Touristen
Donauinsel und FKK
„Bassena" und Klo am Gang
Johann Strauß und Wiener Walzer
Unterwelt und „Dritter Mann"
Christkindlmarkt und Maronibrater
Würstelstand und a „Haaße" mit Senf
Lipizzaner und Pferdeäpfel
Donau, wie bist du so blau
„leiwaund" ist's im zehnten „Hieb"
in manchen „Häfen" kann man sitzen
Rapid und Dosenbier
Riesenrad und Zuckerwatte
Sachertorte und Kaiserschmarren
Tafelspitz und Krautfleckerl
Luxusvilla und „Sandlereck"
Staatsgewalt und „Kieberei"
Hietzing und Favoriten

Zentralfriedhof und Jugendstil
Opernball und Heuriger
Wiener Schnitzel und Apfelstrudel
Baustelle und Umleitungen
Denkmäler und Taubenscheiße
Prunkfassade und Hinterhof
Luxusboutique und „Fetzenbude“
Müllabfuhr und Straßenkehrer
Rathaus und Eislaufbahn
Gemeindebau und Mezzanin
„Pantscherl“ und „G'spusi“
Kaffeehaus und „Herr Ober“

Kaffeesorten: Melange, Einspänner, Cappuccino, großer Brauner, Hauskaffee,
kleiner Schwarzer, Überstürzter, Verlängerter, Kaffee mit „Schuss“, mit und ohne „Schlag“ ...
Coffee to go und Pappbecher neben dem Mistkübel

Weinsorten: Heuriger, G'spritzter, Sturm, Grüner Veltliner, Riesling, Blauburgunder, Wiener Gemischter Satz, Uhudler ...
„Es wird a Wein sein“ und „Oh du lieber Augustin“
Heurigenmusik mit „Quetsch'n und Klampf'n“
„Dulliäh, Räuscherl, Schwipserl, Dampferl“ ...

Wien ist einfach unfassbar!

Übersetzung für Nichtwiener und „Zuagroaste" (= Zugezogene)

„Beserlpark" = kleine Grünfläche, „Tröpferlbad" = öffentliche Bade-. anstalt, „Fiaker" = Pferdegespann, „Mahü" = Mariahilfer Straße, „Fuzo" = Fußgängerzone, „Bim" = Straßenbahn, „Bassena" = Wasserstelle am Gang, „Dritter Mann" = gleichnamige Kriminalgeschichte, „Haaße" = Brühwurst, „leiwaund" = super, „Hieb" = Bezirk, „Häfen" = Gefängnis, „sitzen" = inhaftiert sein, „Sandlereck" = Treffpunkt der Wohnungslosen, „Kieberei" = Polizei, „Herr Ober" = Kellner, „Schlag" = Sahne, „Pantscherl" und „G'spusi" = Liebelei, „Fetzenbude" = Billigladen, „Quetsch'n und Klampf'n" = Ziehharmonika und Gitarre, „Dulliäh" usw. = alkoholisierte Zustände.

(Diese Aufzählung erhebt keinen Anspruch auf Vollständigkeit.)

Die Autorin
Elisabeth Girlinger

Elisabeth Girlinger, Jahrgang 1953,
geboren und aufgewachsen in Horn (NÖ).
Ausbildung zur Elementarpädagogin

Weitere Lebensstationen:
Amstetten, Wien und Mühlviertel in Oberösterreich
Verheiratet, zwei erwachsene Söhne

Sylvie Reidlinger
HERR KAINZ UND ICH
Eine Begegnung
2020–2023
VERLAG AM SIPBACH

Sylvie Reidlinger

HERR KAINZ UND ICH

Eine Begegnung 2020-2023

ISBN: 978-3-903259-50-8

„Was ist in diesem Augenblick geschehen? Genügt wirklich nur ein einziger tiefer Blick des anderen? Ein Anschauen oder besser gesagt ein Hineinschauen in den anderen? Sie hat das Gefühl, dass es Herr Kainz ist, der sie in diesem Augenblick in ihrem Kern erfasst, sie erkennt, sie sieht und versteht."

Eine feinsinnige und auch sehr berührende Erzählung über die Ohnmacht in den Zeiten der Pandemie.

Robert Schneider (Schriftsteller)

Monika Matscheko
DIE MARIONETTE TANZT
NICHT MEHR
VERLAG AM
SIPBACH

Monika Matscheko

DIE MARIONETTE TANZT NICHT MEHR

ISBN: 978-3-903259-49-2

„Hör auf zu schreien! Lächle! Du bist doch ein Mädchen!"

Magda wird in eine traditionelle Mühlviertler Familie geboren, die sich so sehr einen Stammhalter wünscht. Dieser nicht erfüllte Wunsch ihrer Eltern und das damals übliche patriarchale Denken werden ihr Leben von Beginn an prägen. Auch in ihren Beziehungen gerät sie mehrfach in die Fänge althergebrachter Rollenbilder.

Ihr innerer Kampfgeist und die Sehnsucht nach Freiheit und Gleichwertigkeit melden sich wiederholt. Dennoch – oder gerade deswegen – erlebt Magda ihr Tal der Tränen. Am Tiefpunkt ihres Lebens geht sie auf eine Reise, die sich als Wendepunkt erweist.

S